ハヤカワ文庫 SF
〈SF2162〉

宇宙英雄ローダン・シリーズ〈561〉

恒星ハンマー

クルト・マール
嶋田洋一訳

早川書房
8118

PERRY RHODAN
DER SONNENHAMMER
RAUBZUG DER ARMADASCHMIEDE
by
Kurt Mahr

Translated by
Yooichi Shimada
First published 2018 in Japan by
HAYAKAWA PUBLISHING, INC.
This book is published in Japan by
arrangement with
PABEL-MOEWIG VERLAG KG
through JAPAN UNI AGENCY, INC., TOKYO.

目次

恒星ハンマー

恒星ハンマー

クルト・マール

登場人物

ペリー・ローダン……………………銀河系船団の最高指揮官
ロワ・ダントン………………………ローダンの息子
ゲシール………………………………謎の女
ナドゥ・ナジーブ……………………輸送船《スタテンアイランド》船長
フレンチ・スリンガー………………同操縦士
ジャニ・ニッコ………………………同乗員。技術者
ボム・ジェラルド……………………《バジス》乗員。科学者

1

「探知！」受信部からとどろくような声が響いた。「アルマダ牽引機が接近中。全員、急いで掩体《えんたい》の陰にかくれろ」

輸送船《スタテンアイランド》を操縦する小柄でずんぐりした黒い縮れ毛の男は、食いしばった歯のあいだから悪態を吐きだした。いまフレンチ・スリンガーがいるのは《バジス》の最初の基地を建設中の惑星表面から千八百キロメートルはなれた宇宙空間だ。《スタテンアイランド》には貴重な装置やマシンが満載されている。問題はそれだけではなかった。輸送船は平和な地上での作業を前提に設計されている。武器は搭載していないし、機動性能はあらゆる艦船のなかでも最低レベルだ。

掩体の陰にかくれろだと！　冗談はよせ。着陸予定地である山岳地帯北端とここのあいだには、千八百キロメートルにわたって真空と空気と雲があるだけだ。フレンチの目算では、目的地にたどりつくまで半時間ほど。それまでどこにかくれろというんだ？

アルマダ牽引機？　くそ、こんなところでなにをしている？　フレンチは周囲を見まわした。ナドゥ・ナジーブがテレカムに張りついて、はるか頭上の周回軌道上にいる《バジス》のだれかと話をしているらしい。いつものように冷静で、警告など聞こえなかったかのようだ。反対側にはジャニ・ニッコがいた。彼女はフレンチの視線を受け、温かい笑みを浮かべた。

「そうひどいことにはならないでしょう……どう思う？」

《スタテンアイランド》は探知機を装備していない。輸送船には不要だから。軌道上の宇宙船から資材を惑星表面に運搬するための船なのだ。アルマダ牽引機がどの方角から接近し、どんなコースをとっているのか、フレンチにはわからなかった。どうして上層部はいつも情報を出し惜しむ？　輸送船の操縦士だってなにが問題なのか知りたいのに……自分自身の身の安全に関わることなのだ。

そのとき、かれははっとした。受信部から聞こえたのがペリー・ローダンの声だったことに気づいたのだ。ローダンには、輸送船の個々の乗員に接近してくるアルマダ牽引機について詳細を伝えるよりも、もっと重要な任務がいろいろとあるはず。《バジス》と惑星表面のあいだには、すくなくとも三十隻の輸送船がいるはずだった。

ナドゥ・ナジーブがマイクロフォン・リングを押しやり、シートのなかで横を向いて背をそらした。フレンチにおだやかな目を向ける。

「心配ないわ、おちびさん。アルマダ牽引機は第八惑星の軌道を横切ったところだから。ここに到達するにはまだかなりかかるはず」

「どのくらい？」と、フレンチ。

「一時間半くらいかな」

「それでどうなる？　われわれ、半時間後には山岳地帯の北の平原に着陸する。絶好の標的だ。一時間で荷下ろしを終わらせるのは無理だぞ！」

「だったら、べつの場所に着陸すればいいわ」ナドゥは動じない。「操縦士はあなたでしょ」

「そういうきみは船長だろう！」フレンチは色をなした。

「そうね」ナドゥはうなずいた。「だったら、あなたの好きな場所に着陸する許可をあたえるわ」一拍おいて、こうつけくわえる。「充分な掩体がある場所にね」

＊

ペリー・ローダンは探知スクリーンの映像をじっと見つめていた。八機のアルマダ牽引機をしめす光点が、かなりの速度で画面の中央に接近してくる。コンピュータがそのコースを追跡し、大型の黄色恒星を中心に十二個の惑星を擁する星系の３Ｄ映像に光の線で表示していた。

《バジス》はグリーンとブルーに輝く、一部が雲におおわれた酸素惑星の地表から五万キロメートル以上はなれて、惑星の自転に同期した軌道上に浮遊していた。〝バジス＝1〟と命名された惑星には、M－82銀河における銀河系船団のはじめての基地が建設されようとしている。

ローダンはマイクロフォンのきらめくエネルギー・リングに手をのばした。

「第二および第三搭載艇団……スタート準備」

「第二および第三搭載艇団、スタート準備完了」おちついた声が返ってきた。「どのように対処しますか？」

「基地の建設を妨害させるわけにはいかない。追いはらえなかった場合、発砲しろ。ただし、わたしの指示を待つのだ」

「了解」と、冷静な声が答える。

顔をあげると、ロワ・ダントンの探るような視線があった。ローダンは息子の不安を感じとり、胸にちくりと痛みを感じる。《バジス》船内でほかのだれよりも自分に近しい人間なのだ。ロワはシンクロニトの呪いがすでにはじまっているかどうか、観察しているようだった。ローダンはかぶりを振り、

「そんな目で見るな。まだなんともない」と、口を開いた。言葉は思った以上によそよ

そしいものになってしまった。

「その言い方はないでしょう、ペリー」フェルマー・ロイドが持ち場から声をかけた。

「どうすればあなたを救えるかと、考えているんですよ」

「悪かった」ローダンが弱々しく応じる。「だが、こちらの身にもなってもらいたい。だれもがわたしを見つめ、わたしの行動や言葉にいちいち注目してくる。どこにいても、どこに行っても、〝もうはじまったのではないか？〟という視線が追いかけてくるんだ」

「わかります」と、ロワ。「わたしが悪かったんです。もっと考えるべきでした。ただ、ペリー・ローダンのドッペルゲンガーをつくるのがかんたんなことだとは、どうしても思えなくて」

〝ドッペルゲンガー〟というのは婉曲な表現だ。アルマダ工兵ヴァークツォンがローダンの細胞組織からつくりだそうとたくらんでいるもので、ローダン自身は〝ゾンビ〟と呼んでいる。かれに事情を教えた〝白いカラス〟によると、アルマダ工兵がつくりだすアンドロイドはまともな知性を持たないが、ブードゥー魔術にも似た作用で〝オリジナル〟の精神と肉体を支配できるという。

「わたしのなにが違うのだろう？」ローダンが自問するようにいう。「アルマダ工兵はこの卑劣な技術を、数百年ものあいだ磨きつづけてきたのだぞ」

「たとえば、あなたはメンタル安定人間です」と、ロワ。「そのことがクローンにどんな影響をあたえるのか」

「おそらくは……」ローダンがいいかけたとき、コンピュータが甲高《かんだか》い警報音を響かせた。

探知スクリーンと3D映像の異星系に、とりたてていうほどの変化はない……アルマダ牽引機がさっきよりもすこし近づいただけだ。ただ、データ領域にこんな文章が表示されていた。

〝異飛行物体の目的地はバジス＝1ではありません。現在のコースだと、惑星のそばを通過し、五光秒以上はなれたポジションをめざしていると考えられます〟

「どこに向かっていると？」ローダンがとまどってたずねる。

〝予想される目的地は星系の中心にある恒星です〟コンピュータが答えた。

＊

フレンチ・スリンガーは報告を聞いてほっと息をついた。《スタテンアイランド》はすでに異惑星の大気圏上層部に到達している。かれの目の前の大全周スクリーンにはこの世界のパノラマ映像がひろがっていた。テラおよびGAVÖKと宇宙ハンザがM－82銀河ではじめて設置する基地が、そこに建設されるのだ。

藪の茂った丘陵にかこまれた盆地が見える。そこで基地建設が大車輪で進行していた。ロマンティックな心根の持ち主が、その場所を〝オオワシの渓谷〟と命名していた……丘陵に巣をつくり、日がな一日、渓谷の上を旋回している巨大な鳥にちなんだのだ。バジス＝1は未踏惑星で、温暖で肥沃《ひよく》だが、知性体は存在しなかった。数日にわたってゾンデで惑星を調査し、多くの動植物が発見されたなかで、いまのところこのオオワシが最大の生命体だ。

宇宙船の着陸場は渓谷の外側、山岳地帯のはずれだった。周囲には目路《めじ》のかぎりに藪や草原がひろがっている。渓谷にはいくつもの小川や渓流があり、やがてそれらは一本にまとまって、南端から丘のあいだへと流れでていく。最終的に流れこむのは、その特異な色から〝グリーン湖〟と呼ばれる大きな湖水だった。

フレンチはアルマダ牽引機のことなどもう忘れていた。自分にも輸送船にも関係ないとわかったから。あとは勝手にすればいい。思いはべつのことに向いていた。《バジス》がふたたびスタートしたあと、自分は基地の要員としてのこれるだろうか？ジャニ・ニッコとナドゥ・ナジーブは？三人で数カ月いっしょにすごせるなら、天国だ！

フレンチは女ふたりのようすを盗み見た。ジャニはブロンドで小柄だが、スタイルは……おお！……すばらしく、理想的な女性だ。一見すると典型的な〝頭からっぽのブロンド女〟だが、フレンチは彼女の有能さを知っていた。そうでなければ、第二種技術専門家になれるはずがない。かれ自身は〝第三種〟に甘んじているのだ。一方、ナドゥのほうも気になっていた。明らかに地中海系のブルネットで、フレンチよりも頭半分背が高く、かれが宇宙ハンザ船団に勤務するまでまったく出会う機会のなかったタイプだ。仕事の態度は冷静沈着だが、自由時間に友人たちとすごすときは明朗快活になる。フレンチは自分がどことなく下に見られている気がしたが、気にはならなかった。たぶんそれは、ナドゥが第一種技術専門家だからだろう。

夢がもっとも大きくふくらんだときは、パートナーふたりとの結婚契約をどうやって行政当局に認めさせようかと考えることもある……もちろん、同時にふたりと結婚するのだ。それならジャニとナドゥのどちらを選ぶか悩む必要はない。だが、その希望は叶《かな》いそうになかった。自由テラナー連盟の立法府はずっと以前に結婚に関する業務から手を引き、いまは神父、導師、僧侶、牧師、判事、市長などがその任に当たっているが……ひとつだけ、絶対的な規則があった。多重婚は認められない！

フレンチは嘆息した。かれの夢と思いは現実のはるか先をいっている。ジャニかナドゥのどちらかとつきあうチャンスがあるかどうかさえ、まだわからないのに。

高音のチャイムが鳴り、地上ステーションの誘導ビームが《スタテンアイランド》を捕捉したことを知らせた。フレンチはシートの背にもたれ、頭のうしろで手を組んだ。最初の目の前のスクリーンに表示された熱帯的な光景にぼんやりと視線を向ける。最初のプレハブ建物群が見えてきた。あのひとつが自分とジャニとナドゥのためのものなら……

「居眠りはだめよ、おちびさん」ナドゥの声がかれの白日夢を破った。

＊

八機のアルマダ牽引機はコンピュータの予想どおり、バジス＝1から百五十万キロメートルのところをかすめた。テラの大型宇宙船には目もくれない。ローダンは輸送船を一時的に停止させたが、地表ではそれまでどおり建設作業がつづけられた。

探知画面にはそれ以外とくに異状はなかった。はるか遠くにアルマダ部隊が蝟集《いしゅう》し、銀河系船団の船影はひとつも見当たらない。

「フェルマー？」ローダンが報告をもとめた。

「なにも感じません」と、テレパス。「距離が遠いので、そもそもなにか感じられるかどうかもわかりませんが。ただ、牽引機はロボットが操縦しているような印象を受けました」

ここでいう牽引機とは大型のグーン・ブロックのことだ。無限アルマダの既知の艦種がすべてエンジンに使用しているのと同じ駆動装置である。無限アルマダ内にはいたるところグーン・ブロックが存在した。特定のアルマダ部隊の所有物ではない。アルマダ作業工と同じく、より上位の機関に属している。グーン・ブロックは宇宙船の外殻にとりついてエンジンとして機能するだけでなく、各部隊のあいだを独自に飛びまわってもいた。場合によってはそれ自体が乗り物や輸送機の役割もはたす。ロボット操縦だが、司令室に生命体の乗員がいれば操縦することもできる。

「どうしてこちらに興味をしめさないんだ」ロワ・ダントンがつぶやいた。

「命令を受けているのだろう」と、ローダン。「特定の命令にしたがうようプログラミングされていて、それ以外のことは無視するのだ」

大きな司令コンソールの向こうの薄闇のなかから、特徴的なちいさな音が聞こえた。だれもが知っている、タウレクの衣服についた数百の小プレートがこすれあう音だ。ローダンは振り向いて、薄暗がりにあらわれたふたつの姿を見つめた。コスモクラートの代理人タウレクの隣りにジェルシゲール・アンの巨体が進みでた。その頭上にはむらさき色のアルマダ炎が燃えている。

「あの行動は意味不明だ」シグリド人が前置き抜きでいった。「なにを運んでいるのだろう?」

ジェルシゲール・アンはトランスレーターを介して話していたが、その場にいる全員が、すでにヒュプノ学習でアルマダ共通語を習得していた。無限アルマダの〝リンガ・フランカ〟だ。

「わからない」と、ロワ。「ゾンデをあまり接近させることもできないしな。とにかくこちらに興味をしめさなくてよかった。いまのところ、走査機によるデータが得られただけだ」

画面上に立方体のグーン・ブロックがうつしだされた。表面に不規則なふくらみがあるが、積み荷なのか、アルマダ牽引機の標準仕様なのかはわからない。八機は整列して幅ひろい前線を形成し、大型恒星の周回軌道に乗っていた。探知反応が強くなる。熱から機体を守るため、防御バリアを展開したのだろう。

そのとき、思いがけないことが起きた。八機のアルマダ牽引機から輝く火花のようなものが放出され、探知スクリーンがいっきに明るくなったのだ。閃光は恒星に向かって高速で直進し、数秒後、恒星からつねに放射される強烈なハイパー・インパルスを中和するために探知機がかけているフィルターのはしに達して見えなくなった。八機も同時に消滅したように見えたものの、そんな状態は十秒ほどつづいただけで、探知スクリーン上の最後の光が消えると、アルマダ牽引機の光点が前と変わらないまま出現した。

その直後、八機は動きだした。恒星公転軌道をはなれ、息をのむような加速で黄道面を急旋回し、八分後には探知スクリーン上から姿を消した。ゆっくりと航跡が表示され、ハイパー空間に消えたポジションがしめされる。

ロワはそのあいだに、すでに最初の測定データを取得していた。

「おおまかな分析では積み荷の種類は特定できませんでした」と、残念そうにいう。

「記録の分析を専門家に依頼するしかないでしょう。恒星に異状は見られません」

「あの閃光はアルマダ牽引機よりも明るかったようだ」と、タウレクが指摘する。

「たしかに。かなり強い外部放射があったはず」と、ロワ。

「牽引機から出た廃棄物かもしれませんね」フェルマーが推測した。「危険な廃棄物を恒星に投棄したんでしょう」

「そうではないと思う」ジェルシゲール・アンが反論。「アルマダ牽引機が運べるようなものなら、エネルギー圃場《ほじょう》のブラックホールですべて処理できるから」

「では、なんなのだ？」ローダンがいった。「ここでなにがあったのだと思う？」

「なにを射出したのかはわからないが、確実なのは、あの八機が通常のアルマダ牽引機ではないということだ」

「つまり？」

「アルマダ工兵の命令で動いている」

2

アルマダ工兵。ペリー・ローダンを悩ませる数々の問題のなかでも、いまのところそれが最悪のものだった。さらに悪いことに、アルマダ工兵が危険な存在になったのはかれ自身の責任でもあった。

銀河系船団がフロストルービンを通過したあと、M－82銀河でどうにもならないほどばらばらになり、無限アルマダの艦隊のあいだに点在していることがわかってから、ローダンはアルマダ炎を手に入れようと努力してきた。ほんもののアルマディストの頭上二十センチメートルに浮遊するその炎があれば、想像もつかない大昔からトリイクル9を探しつづけてきた巨大艦隊……数百万隻からなる無限アルマダの一員だと認められるのだ。

旗艦が難破したのち、シグリド人二千五百名とともに《バジス》に移乗してきたジェルシゲール・アンが、最初の手がかりをもたらした。無限アルマダのなかで唯一〝白いカラス〟だけがアルマダ炎を商《あきな》っているという……とてつもない対価と引き換えに。だが、白いカラスとコンタクトするのは困難だった。奇妙な生命体なのだ。ほとんどはメカニズムで、ポジトロン部分もすこしはあるが、どこか奥深くにある核が生体意識を保持しているらしい。外観は巨大な帆で、片面は白く、反対の面は金色にきらめいている。帆の一端についているのは、四肢を切断されたアルマダ作業工……無限アルマダ内に数千万体単位で存在すると思われる多目的ロボットだ。ただ、白いカラスに付属するアルマダ作業工は事情が異なる。把握器官を持たないだけでなく、それらのすくなくとも一体は生体意識を放射していて、それをグッキーが感知したのだ。思考内容は理解できなかったが。

その後、白いカラスとは何度か接触したものの、あまり実りはなかった。はじめてテラナーとの交渉に興味をしめしたように見えた一体に、ローダンは提案をぶつけた。アルマダ炎の対価として、〝コスモクラートのリング〟とライレの〝目〟を提供すると持ちかけたのだ。親しい仲間や助言者は強く反対した。未知の高度技術が生んだ、はかりしれない価値のある産物を、たかがアルマダ炎と交換するとは！　だが、ローダンの意志はかたかった。ライレの〝目〟とリングはもう長らく役にたっていない。〝目〟はかれが球状星団M-3でポルレイターを探しはじめたときに力を失っていたし、リングは一度しか利用できなかった。ポルレイターたちが間違った道に進んでいるとわからせたときのことだ。

白いカラスはかれの提案を受け入れた。その帆の表面が輝くような白ではなく、あちこち汚れて〝まだら〟になっていたからといって、ローダンがとまどうことはなかった。これほど異質な存在を外観で判断するなど、できるはずがない。相手はひとつだけ条件をつけてきた。ペリー・ローダンの細胞組織が必要だというのだ。それは当然のことに思えた。個人に合わせて調整されるアルマダ炎は譲渡できるものではなく、保持者が死ぬまで、その者だけに属するのだから。細胞組織が採取され、コスモクラートのリングとライレの〝目〟とともに、汚れた白いカラスに引きわたされた。

リスクがあることはローダンも承知していたので、グッキーとアラスカ・シェーデレーアに汚れた白いカラスのあとを追わせた。その帆には宇宙のさまざまな力の流れをとらえて束ね、目的のために利用する能力がある。さらには四次元連続体から遷移して、一種のリニア飛行のように、膨大な距離を超光速で移動する能力さえそなわっていた。汚れた白いカラスの旅の終点は一睡眠ブイだった。ただ、それはもはや本来の目的からはずれ、アルマダ工兵ヴァークツォンの巨大ラボとして利用されていた。ヴァークツォンが助手として使役《しえき》する白い肌の小人種族の思考を読んだグッキーは、恐るべき真実に到達した。

ローダンはだまされたのだ。汚れた白いカラス〝まだら〟はアルマダ工兵の手下で、《バジス》乗員にアルマダ炎をあたえる気などなかった。その唯一の目的は、ヴァークツォンにローダンの細胞組織を引きわたすこと。それがあれば、アルマダ工兵はシンクロニトをつくりだせる。ローダンのドッペルゲンガーである。そのシンクロニトを通して、ローダンに影響をあたえることができるのだ。それはまるで相手の姿に似せた人形を使って敵を殺害する、大昔のブードゥー魔術のようだった。その人形に当たるのが、この場合はシンクロニトというわけである。すなわち心のないアンドロイド、ドッペルゲンガー……ゾンビだ！

　コスモクラートのリングとライレの〝目〟は、ヴァークツォンの興味をわずかに引いただけだった。グッキーはそれらが破壊される瞬間を目撃した。かけがえのないコスモクラートの道具が塵《ちり》になるのを見たとき、イルトは胸に刺すような痛みをおぼえたもの。

　グッキーとアラスカはヴァークツォンをその悪魔じみたラボから追いだすのに成功したが、シンクロニトの製造を阻止することはできていない。ヴァークツォンが必要な資材をすべて持ちだしたから。ただ、〝まだら〟は命を落とした。すぐに同族に捕まり、その罪によって恒星に落下させられたのだ。

　アラスカとネズミ＝ビーバーが任務からもどる前に、ローダンはべつの白いカラスから、自分がどんな罠に落ちたのかを説明された。その白いカラスはアルマダ炎の取引を持ちかけてきていたのだが、〝まだら〟に細胞組織をわたしたことを聞くとすぐさま提案を撤回し、今後ローダンを待ち受けている運命について語った。その後ローダンは一団の白いカラスたちから、シンクロニトをつくられた者は、もはやアルマダ炎を受領できないことを知らされた。

　なすべきことはひとつ、シンクロニトを発見し、破壊するしかない。《バジス》船内にも疑心暗鬼がひろがっている。だれもがローダンから目をはなさず、一挙手一投足に注目し、ヴァークツォンがシンクロニトを使って影響をあたえる瞬間を見きわめようとしていた。ローダンは白いカラスたちに、アルマダ工兵のシュプールを探すための助言をもとめた。教えられたのは、アルマダ工兵が新鮮な原材料を調達する星系の座標だった。ローダンはどうすればいいのかわからないまま、コンピュータにデータをわたし、アルマダ工兵を追跡するためにとるべきコースを計算させた。

　そのころ、べつの問題が生じた。《バジス》はこれ以上、方向も定めず無目的にアルマダ部隊のあいだをうろついているわけにはいかない。惑星上の堅固な基地が必要だ。そこで搭載艦の捜索部隊が複数送りだされ、ほどなく成果が得られた。バジス＝１の発見である。ローダンは全力で建設作業を押し進めた。白いカラスに教えられた座標にも、じきに調査船を送るつもりでいる。

　すべては計画どおりだった。数日してもシンクロニトの影響を疑わせるような行動がなかったので、周囲の不信感も限定的になっている。捜索部隊の半数はまだ帰還していない。もどってくるのは三、四日後と思われた。バジス＝１での建設作業は順調に進んでいる。

そのとおり、すべては計画どおりだった。

十二惑星を擁する星系の主星に謎の積み荷を射出していった、八機のアルマダ牽引機があらわれるまでは。

ジェルシゲール・アンはそれらの牽引機がアルマダ工兵の命令下にあると考えている。それをどうとらえるべきだろうか？

＊

ひとりだけ、そんなあわただしいなかでもつねにローダンによりそい、ヴァークツォンがつくりだそうとしているシンクロニトのせいで高まる疑念にも影響を受けない者がいた。ローダンのほうも相手にそれを期待していたかもしれない。その相手とは、ゲシールだ。

ここ数日から数週間のあいだに、ゲシールには驚くべき変化が生じていた。抑制のきかない貪欲な表情が顔から消え去り、その目を見ても黒い炎の海を見つめているような気分にならないのだ。ずっと彼女を謎めいた存在にしていたパラノーマル能力を失ったかのようだった。ああ、いや……外観そのものに変化はない。ゲシールはいまも、夢見ることをまだ忘れていない男たちすべてにとっての夢だった。〝ひとつ目〟タウレクに対する彼女の興味は劇的といっていい勢いで冷めたようで、かわってふたたびローダンに執着しはじめている。ローダンはその変化に驚きをおぼえたものの、よろこびを感じ、また彼女の虜《とりこ》になった。

かれはわずかな自由時間をつねにゲシールとともにすごした。つきあいが悪いと文句をいう友たちには……心の内では、かれらがつねにそばにいて、ヴァークツォンのシンクロニトが影響をおよぼしはじめる瞬間を見逃さないようにしたいだけではないかとも思っていたが……いまはもっと重要なことがあるのだと説明した。ゲシールと長い時間いっしょにいて、胸の内を語り合った。アトランが《ソル》でもどってきてからずっと、ふたりのあいだにはなかったことだ。

「もう混乱した夢は見ていないわ……なんとしても、なにを失っても達成しなくてはならない目的も、もうない」ゲシールが顔をあげる。大きな黒い目が親しげにローダンにほほえみかけた。「もう自由だと感じるの」

「やはり記憶はないのか？」ローダンはかすかな疑念をにじませた。

「ええ、記憶はないわ。わたしがもといたのは悪い場所だったとしか思えない。わたしを駆りたてていた貪欲さは邪悪なものだった。それがなんだったのか、知る必要もないけど。いまのままで充分だし、それで満足しているから」

「タウレクのことは？　つい二、三日前まで、タウレクは当然のように自分が……」

「わたしに選ばれたと思っていた？」ゲシールは首を横に振った。その目に皮肉っぽい光が浮かぶ。「いいえ、タウレクはそんなこと考えてもいないわ」

「だったら、なんだったのだ？」

ゲシールはすぐには答えず、やがてようやくこういった。

「タウレクは違う……あなたやわたしとは」そして急いで話題を変える。「かれが自分のことを〝ひとつ目〟と呼ぶのは変だと思わない？　あなたがよく話してくれた、ライレのことを思いださない？」

「そのことは何時間も考えたが、答えは見つからなかった。タウレクとライレにどんな関係があるのだろう？」ローダンは早く本題を言葉にしたかった。「わたしは……われわれは……つまり……」

なにも知らない第三者が見たら、これほど驚くべき光景はなかったろう。あの偉大なテラナー、ペリー・ローダンが、瞬間切り替えスイッチ内蔵人間が、言葉に詰まっているのだ。ローダンはじっと目の前を見つめ、一瞬だけ唇を引き結んで、ふたたび話しはじめた。

「われわれ、ここ数日ほど親しくなったことはなかった。これからも親しくしたい。ただ、シンクロニトがどんな影響をおよぼすかわからないのだ」

ゲシールの目には自信と、圧倒的なまでの庇護の意識があふれていた。

「あなたはなにも恐がる必要なんてないの」

「どうして？」

「アルマダ工兵のクローン技術のことはなにも知らないけど、ペリー・ローダンのシンクロニトをつくるなんて、並たいていの困難じゃないはずよ」

ローダンの顔に力ない笑みが浮かんだ。

「感謝する。ロワと同じ考えだな。自分でもそう確信が持てたなら、そのときは……」

「なんなの？」

「お願いがあるんだ、ゲシール」ローダンは覚悟を決め、そういった。

＊

フレンチ・スリンガーは荷下ろしの作業を興味なさそうに眺めていた。荷役ロボットが《スタテンアイランド》のひろく開いたハッチを滑るように出入りしている。けっこうな混雑で、衝突するのではないかと不安になるほどだ。だが、ロボットの動きは精密で、ぶつかることなく紙一重《かみひとえ》ですれ違っていく。

バジス＝１は暑かった。気温は三十度以上あるだろう。額の汗をぬぐい、南に目を向ける。オオワシの渓谷をかこむ丘陵の一角にちいさな切れ目が見えた。そこには通信ケーブルが敷設され、北に建設される宇宙港と渓谷内の技術装置が接続される予定になっている。フレンチは詳細な計画まで知っているわけではなかった……ここに大規模宇宙港が建設され、渓谷内に輸送関連施設と科学技術施設が予定されていると聞いているだけだ。それにより銀河系船団は補給を故郷銀河にたよることなく、この宙域において自給自足で活動できるようになる。わずかのあいだ、かれは畏敬の念にも似たものに打たれた。人類は異銀河にまでその手を伸ばしているのだ。

広大な宇宙港の境界は、いまはまだ明るい色の杭で区切ってあるだけだった。その境界にそってグライダーが一列に駐機している。そうしたければだれでも、それを使って渓谷におりていくことができた。なかなかの名案だ。

「なあ……ジャニ、ナドゥ！」フレンチはミニカムで呼びかけた。「いっしょにオオワシの渓谷に行ってみないか」

「わたしはいいわ」すぐにナドゥから返事があった。「作業の準備があるから」

「わたしもだめ」と、ジャニ。フレンチはその声に残念そうな響きがあると感じた。

「見張りの当直中なの」

「ああ、わかった」かれは不機嫌にそう答え、あのふたりに気を使う必要があるのかと自問した。

グライダーを選び、乗りこむ。すぐにロボットが話しかけてきて、どの高度とコースを選ぶかたずねた。まだ管制システムがととのっていないのだ。設置は翌日の予定だった。渓谷への出入りは頻繁で、事故を防ぐためには細心の注意が必要になる。

フレンチは渓谷内の活動の多様さに目をみはった。人影はほとんど見当たらず、かわりに無数のロボットがいる……小型の作業・輸送用マシンから巨大な建設マシンまで、すべてが作業工程にしたがって、地面をたいらにならし、基礎を打ち、その上に建物を建てていく。建設作業は周辺の自然環境にできるかぎり手をくわえないという原則にもとづいていた。建物はばらばらに点在し、そのあいだには手つかずの藪がのこされている。フレンチは上方に目を向けた。うん、オオワシが渓谷の上空を旋回している。

かれは東のほうに、かなり完成に近づいた建物があることに気づいた。緑地の上にドームが十数個ならび、通廊がそれらをつないでいる。空き地にはグライダー数機が着陸していた。技術者の第一陣がすでに到着しているようだ。フレンチは機首をそのドームに向け、複雑な形状のアンテナが何本もそびえ立つ円形建造物のそばに着陸した。外に出て、大きな窓ごしに建物のなかをのぞこうとする。だが、窓には恒星光をほとんど反射する偏光ガラスがはまっていた。踵《きびす》を返したとき、正面入口のそばのスピーカーから声が聞こえた。

「やあ、フレンチ……旧友の輸送船乗りじゃないか！　迷子にでもなったのか？」

いぶかしがりながら振りかえる。声には聞きおぼえがあった。

「ボム、きみか？」

「ほかにだれがいる？　入れよ」

ドアが開いた。温度調整エアロックを抜けると、さまざまな装置類がならんだ明るいラボに出た。そこにいるのはボム・ジェラルドだけだ。よく鍛えられた長身の男で、立場はフレンチよりもかなり上になる。なぜ友人あつかいしてくれるのか、フレンチはいつも不思議に思っていた。

「ここは居心地がよさそうだ」そういって、うらやましそうに周囲を見わたす。

「ああ、まあな」ボムはにやりとした。「ここでは主星から外惑星まで、周辺環境を評価している」

「ふつう、そういうことは外でやるんじゃないのか？　つまり、大気圏の外で」

「ハイパーエネルギー・ベースの作業だから関係ない。殺風景《さっぷうけい》な眺めだろう。到着した人員はまだ半分くらいで、女っ気が不足している。いいたいことはわかるな。そっちはどうだ？　恋愛生活は充実しているか？」

フレンチはそういう話をしたい気分ではなかったので、曖昧《あいまい》な身振りのあと、モニターとして機能しているらしいホログラム・フィールドをさししめした。

「これはなんだ？」さまざまな色でフィールド内を踊りまわる線の意味を見きわめようとするが、手に負えない。

「太陽儀という」と、ボム。「ここの古い恒星の秘密も、あと数日で解き明かせるだろう……」

どこかで警告音が鳴った。ボムは話を中断し、ちいさな制御卓の前に急ぐと、一スイッチを操作した。ホログラム・フィールド内の動きがとまる。まだ動いている線は一本だけだ。左右非対称な鐘のかたちをなぞって、一スペクトルをしめしているらしい。

「なくなった！」ボムがうめいた。

「なにが？」

「ピークがあったんだが」科学者は心ここにあらずのようだ。「一ナノ秒だけ……非熱放射があった！」

かれは動きだした。ハイパーカムに向かって興奮した声で、《バジス》の天体物理学ラボにつなぐよう指示する。フレンチはスペクトルの曲線を眺めた。鐘の右側は起伏がすくなく、ひとつだけ尖った波形が見える。自然界には存在しない波形だということはわかった。だが、どうしてあれほど興奮して……？

ボムは完全にわれを忘れ、ハイパーカムのマイクロフォンに向かって咆哮《ほうこう》していた。もうおしゃべりできる雰囲気じゃなさそうだ。そう思ったフレンチは建物をあとにした。

3

ボム・ジェラルドのいう〝ピーク〟は《バジス》でも確認された。だが、興奮しているのは天体物理学ラボの科学者たちだけで、司令室はまったくべつの問題でもちきりだった。

「ゲシールとわたしは結婚契約を結ぶことで同意した」

その朝、司令室のコンソールに、そんな言葉とともにペリー・ローダンの顔があらわれた。声は充分に大きく、がやがやしたその場のだれもが聞きとることができた。一瞬、ひろい室内がしんとしずまりかえる。やがて喝采がはじまった。最初はためらいがちだった音がすぐにふくれあがり……大きな拍手と、叫び声と、鋭い口笛の音が弾《はじ》けた。そしておきまりの演出。とりわけ熱心な数人の肩にかつがれ、ローダンが司令室内を華々しく行進する。

かれはよろこんで、されるがままになっていた。まわりじゅうから降りそそぐ祝福の声がうれしい。男も女も握手をもとめ、おめでとうといってくる。不信感は消滅していた……すくなくとも、いまこのときは。遅かれ早かれ復活はするだろうが、この勝利と祝福のあいだ、かれは昔のままのペリー・ローダン、自分自身を律することを知っている男だった。

司令室がふたたびおちつくまで、かなりの時間がかかった。そのあいだにこのニュースは巨大宇宙船内の通廊、回廊、デッキ、ホール、斜路などにひろがり、ローダンと日常的に顔を合わせることがない者たちのあいだにも熱狂が蔓延していった。ただ、シグリド人区画だけはこの歓喜の波と無縁だった。多夫多妻制をとるシグリド人には、テラナーがなぜ結婚くらいで大騒ぎするのか、理解できなかったから。

しばらくして騒ぎがおさまると、ロワ・ダントンが父親に近づき、片手をさしだした。

「いちばんの近親者にも黙っていたからって、気を悪くしたりはしませんよ」かれはそういって、にやりと口もとをゆがめた。

「そういうわけではないんだ」ローダンが快活に応じる。「急に決まったことでね」

「ゲシールもわたしと同じだということです」ロワは真顔になっていい、ローダンの問うような視線に気づいて、こうつけくわえた。「相手の男がすぐにもシンクロニトの影響下におかれるかもしれないとわかっていたら、結婚契約を承諾したでしょうか？」

「しなかったろう。その点は話しあった」

そのとき、すでに数時間も沈黙していた声が聞こえた。スピーカーからハミラー・チューブが語りかけてきたのだ。

「せっかくのところを失礼します、サー。どうしても報告すべきことがありまして」

「聞こう」ローダンがポジトロニクスに先をうながす。

ハミラーはボム・ジェラルドが最初に気づいた恒星スペクトルの異変を報告し、こう付言した。

「その後、三度にわたってピークが観測されました。スペクトル上の同じ位置ですが、一回ごとに強くなっています」

「なんだと思う、ハミラー？」

「まだ計算中ですが、すでに長らくバジス＝1の主星を観測していて、こんな現象などなかったことを想起すべきです」

ローダンはうなずいた。ハミラー・チューブがいいたいことはわかっている。

「八機のアルマダ牽引機が関係していると思うのだな？」

「それを恐れています、サー」ハミラーが答えた。

＊

フレンチ・スリンガーは半時間ほど渓谷のあちこちで完成間近の建物を見てまわり、セルフサービスの食堂を見つけた。たっぷりと食事をとり、客の数人と知り合いになる。

かれらの言葉からはこのプロジェクトに協力する熱意が感じられたが、そこにときおり不安も顔をのぞかせていた。

その理由がはっきり語られることはなかったが、フレンチにはわかっていた。ペリー・ローダンのシンクロニトの噂はすっかり知れわたっていて、すでにだれもが、それがただの噂ではないことを理解しているのだ。どこかこの銀河の奥深くで、アルマダ工兵がローダンのドッペルゲンガーを培養しており、そのシンクロニトがいずれはローダンをコントロールするようになる、と。バジス＝1の基地にいる男女はだれも口にしないが、〝ローダンが脱落したらどうなる？〟と、思っているのはまちがいなかった。

フレンチが食事を終えた直後、《スタテンアイランド》から呼び出しがあった。輸送船のスタート準備がととのったのだ。交代要員の二百名を乗せて、一時間後に《バジス》に向かうことになる。かれはすぐさま帰途についた。操縦室に入ると驚きが待っていた。ナドゥ・ナジーブが作業衣を脱いでひらひらした私服に着替え、そのそばに手荷物が浮遊している。まるでスポーツを楽しむ客向けの観光地に着いたばかりの旅行者のようだ。

「おいおい！」フレンチは驚愕の声をあげた。「テニス？　ゴルフ？　クリケット？」

「どれでもないわ」と、ナドゥ。「二日間の休暇をとって、バジス＝1を見てまわるつもりなの」

「まだ見るほどのものはそんなにないぞ。地面に掘った大穴と、ロボットの群ればっかりだ。なにを考えてる？」

「あなたには関係ないけど、教えてあげる。わたしは自然愛好家で、キャンプをするつもり。向こうの山岳地帯でね」

「キャンプだって？　山のなかで？」フレンチはぽかんと口を開けた。

「そういうこと。二日のあいだ、ここの喧噪《けんそう》からはなれるの。留守中はジャニが指揮をとるわ。ふたりでうまくやって」

ナドゥはかなりの大きさの手荷物を軽く突いてハッチの外に押しやると、軽《かろ》やかな足どりでそのあとから出ていった。フレンチはジャニ・ニッコを見つめて、

「彼女、気はたしかなのかな？」

「いつものことよ」と、ジャニ。「ひとりきりになって、異惑星の動植物を観察するの。何冊か本も書いてるわ」

「本を！」女性ふたりと長い時間いっしょに操縦室にいながら、ごく表面的なことしか知らなかったとは。ふたりの好みも、癖も、考えも、なにもわかっていなかったのだ。ナドゥが本を書いているなど初耳だったが、たぶん自分がうっかりしていたのだろう。もっとはっきり、ナドゥとジャニに興味があると伝えるべきだった。反面、この急展開は好機になる可能性もあった。女性ふたりがいっしょにいたのでは、胸の奥に秘めた欲

望を進展させることができない。その状況が変化したのだ。いまならジャニだけに集中できる。

「ナドゥが書いた本……持ってるかい？」

「もちろん。とても興味深くて、ユーモアがあるわ。読みたいならマイクロキューブを貸してあげるけど」

フレンチは徐々に薄くなる大気中を上昇する《スタテンアイランド》のなかで、あの冷静でひかえめなナドゥ・ナジーブがユーモアあふれる本を書くとは、とても信じられないと思った。やれやれ、自分は理想の女性ふたりのことをまったくなにも知らなかったようだ！

そのあと、かれの思考は食堂で会った客たちとの話題にもどり、ナルドゥとジャニのことはとりあえず念頭から去った。それまでなかば高揚していた気分が暗い影におおわれる。アルマダ工兵の計画が成功した場合、ペリーだけでなく、この遠征全体にどれほどの危険が生じるだろうか？

事態がわからないまま、かれはハイパーカムの周波較正をいじった。いつもの音が聞こえる。ほとんどはデータ通信チャンネルだ。だが、突然、興奮した声が流れた。フレンチには断片的にしか理解できなかったが、非熱シールド、ゾンデの活動、〝ピークの強度〟が上昇、などの言葉が聞こえた……友であるボム・ジェラルドの声が聞き分けられなかったとしても、なんの話なのかは明らかだ。最近観測された恒星スペクトルの異常について、熱心に議論している。それはすでに二度起きていて、《スタテンアイランド》がバジス＝1の大気圏最上層を通過するあいだに三度めが観測されたらしい。

科学者たちがあんなに興奮しているとはいえ、フレンチのような素人になにができる？　いっていることは三分の一しか理解できない。だが、そこから感じるのは新発見のときめきではなく、説明のつかないものへの恐怖だった。それに対して《バジス》と惑星上の基地を防御しなくてはならない。

フレンチはなにか残忍で不気味なものがもたらす脅威を感じた。専門家の興奮したようすに、急に不安をおぼえる。かれはハイパーカムを切り、《スタテンアイランド》をできるだけ早く《バジス》にもどすため、全力をあげはじめた。

＊

ペリー・ローダンとゲシールの結婚式は、少数の立会人にとっても多数の知人たちにとっても、まずはその簡素さにおいて記憶にのこるものとなった。式は短く事務的で、パーティも、食事も、それ以外の催しも、とにかく結婚につきものの行事はなにもなかった。

「事態の深刻さを考えれば、浮かれている場合ではない」ローダンはかすかな笑みを見せてそういった。「あとでとりもどせばいいことだ」

かれが周囲を見まわすと、いくつもの疑惑の視線が返ってきた。不信感が復活したのだ。〝あと〟などあるのか、と、多くの者が考えている。

ローダンは気にしなかった。もっと重要なことがあったから。天文物理学ラボから、恒星のスペクトル異常がさらに大きくなったと報告があったのだ。ずっと沈黙していたハミラーも連絡をもとめてきている。ローダンが長い生涯における四度めの結婚式を終えた四十分後、《バジス》首脳部はかれの私用キャビンに集まり、ポジトロニクスの話を聞いていた。

「事態の説明を期待していたかたがいるとしたら、申しわけありません」ハミラー・チューブの心地よい声がいった。「いまのところ現象を追っているだけで、分析結果は出ていません。集まっていただいたのは、事情を知らないあなたがたなら、わたしの厳密なポジトロン論理が見落としているものを発見できるかもしれないと考えたからです」

ローダンはじっと耳をかたむけていた。そこに揶揄《やゆ》の響きはなかっただろうか？　確信は持てない。四世紀前からある噂では……その長さのせいですでに伝説といってもいいほどだが……ハミラー・チューブ内のどこかで、天才科学者ペイン・ハミラーの脳が生きつづけているとされる。この伝説が事実なら、いまのハミラー・チューブの言葉はなんとひどい揶揄だろうか。ペイン・ハミラーの意識が厳密なポジトロン論理に縛られている？　まさか。かれは生前から奇抜な発想をする人間だった。

「ここまでに発見した異常はすべて、外見的にも強度においても、ある種の規則性を有しています」ハミラーは言葉をつづけた。「あなたがたの許可を得たうえで、簡略化して〝ピーク〟と呼んでいるものです。これまでのところ、一回ごとにエネルギーが強くなっていることが確認できています。発生間隔も徐々に短くなっています。つまりピークはこれからもっと頻繁に、かつ強力になっていくということ」

「超新星爆発だ！」ウェイロン・ジャヴィアが叫んだ。「恒星が新星に変化しようとしている。インパルスのピークが分離できないくらい密集して、エネルギーが高まりつづけたら……」

「そのような単純な推測はひかえるべきです、サー」ハミラー・チューブが怒ったようにいう。「ノヴァ化の理論と実態がとっくに解明されていることを、まず思いだすべきでしょう。いいえ、これは新星化の過程ではありません」

「若いの、きょうはずいぶんと辛辣《しんらつ》だな」ジャヴィアはそういって、ソファの奥に沈みこんだ。

「ただ、ミスタ・ジャヴィアにも正しい一面はあります」ハミラーは相手の文句を完全に無視した。「インパルスの間隔が分離できないほどちいさくなり、エネルギー出力が測定不能なところまで上昇して、実際に致命的な一線をこえると予想できるからです」

「それはいつになりそうなんだ、ハミラー？」ローダンがたずねた。

「エネルギーの増加率とインパルスの間隔の縮小は直線的ではありません。いまのところ推測の域を出ませんが、二十時間から三十時間後になると思われます、サー」

ローダンはうなずいた。慎重に考えて、次の質問を投げかける。

「ピークが出現するのはスペクトルのどの部分だ？」

「恒星のハイパースペクトルを分析した結果、恒星内部で実際に働いている、とりわけそこから放射されている四次元宇宙の力のふるまいは解明できました」ハミラーが言葉を選びながら答える。「ピークはハイパースペクトルの長波長側……強い核力と電磁力のあいだの領域に生じています」

「グレイゾーンということか？」

「そういっていいと思います、サー」

「自然現象とは考えられないか？」

「それは誘導尋問です、サー。わたしにいえるのは、これまでどのような恒星においてもこうした〝自然現象〟が観察された例はない、ということだけです」

「八機のアルマダ牽引機が放出したものが、この現象を引き起こした可能性があるわけだな？」

「その認識は間違っていません、サー。その可能性がもっとも高いでしょう」

ローダンはしばらく考えこんだが、それ以上の質問は思い浮かばなかった。

「ごくろうだった、ハミラー」

「この現象の原因について、ほかのかたたちの意見はありませんか？」ポジトロニクスがたずねた。

「いや。ただ、質問がある」タウレクが声をあげた。「われわれ、どう対応すべきだろうか？　バジス＝1からの撤収が必要では……」

「それはわたしが関与する問題ではありません、サー」ハミラーは相手の言葉をさえぎった。「わたしはただの計算機にすぎません。対処をどうするかはそちら側の問題です」

4

「惑星からの撤収は論外だ」ペリー・ローダンがいつになくきびしい口調でいった。

「インパルスの継続がはげしくなったら、輸送船はすみやかに引きかえさせる。非武装の船を危険にさらすことはできない。だが、バジス＝1を放棄する？　そんなことをしたら、どれほど後退することになると思う？」

「数週間ですね」ロワ・ダントンが陰鬱に答える。

「その数週間の余裕がわれわれにはないのだ。ハミラー・チューブか天体物理学ラボが脅威の正体を見きわめるまで、通常どおり活動を継続する」

「では、次の目的ポジションは……」

「白いカラスに教えられた座標に向かわなくてはならない。アルマダ工兵のシュプールを追うのだ。そうすることで……はじめて自衛が可能になる」

「わかりました。派遣する艦や人員は考えていますか？」

「それはまかせる」

「はい。腹案はありますから」

「困難な任務になるだろう」と、ローダン。「なにを相手にすることになるかわからないし、アルマダ工兵と戦闘になった場合でも、その艦が《バジス》の所属だと知られるわけにはいかない」

「わかっています」

「第一級の指揮官が必要だ」

「当然です」ロワは微笑した。

「ずいぶん自信ありげだな」ローダンが息子に疑惑の目を向けた。「いったい、なにを……」

インターカムが鳴りだし、言葉がとぎれた。ロワが応答する。肩幅のひろいスポーツマンタイプの若者の顔と上半身が画面にうつしだされた。ブロンドの髪を短く刈りこんでいる。ブルーの瞳は自信満々に輝き、傲慢とさえいえそうだった。

「発見がありました」若者が前置き抜きでいう。だれに向けた言葉なのかも判然としない。

ローダンは身振りでロワに対応をまかせた。

「さっさと話せ、フラッシュ」と、ロワ。

「白いカラスからのデータ流の背後に、さらに数百ビットのデータがかくされていました」

「知っている？」ローダンは驚いた。「いつから……」いいかけて、ロワに手で制され、口をつぐむ。

「ああ、知っている」と、ロワ。

「まだぜんぶは解読できていません」フラッシュと呼ばれた男がいった。「ただ、四ビットのまとまりがアルマダ共通語の表音文字ひとつをあらわしているのは確実です。われわれが解読したのはN、A、N、D……〝ナンド〟です」

「われわれとはだれだ？」ロワが皮肉でもなんでもなくたずねる。「きみに情報理論の知識がないことは個人的に知っているぞ、フラッシュ」

ブロンドの若者の顔にちらりと笑みが浮かんだ。謙遜するようすはみじんもなく、自慢話に水をさされてむっとしているだけだ。

「わかりました。解読したのはナオミです」

「それなら適任だ」ロワが真顔でいう。「五百七十三光年はなれていて、名称はナンド。よくやった、フラッシュ。ナオミに感謝を伝えておいてくれ」若者が通信を終えようとしたのを見てとると、かれは急いでつけくわえた。「あと、きみはもうすこし自分の能力をかくすようにしたほうがいい」

ローダンがロワに向きなおった。

「ぜんぶ説明してもらえるのだろうな?」

「ただちに」

「フラッシュとナオミというのは何者だ?」

「知らないのですか?」

「わたしをだれだと思うのだ? 部下の兵士の名前をすべて記憶していたという、ナポレオンだとでも?」

「フラッシュとナオミは技術専門家で……きわめて有能といっていいと思いますが……いまはこの船の格納庫におさまっている軽巡洋艦《サンバル》の乗員です」

「なるほど」と、ローダン。「《サンバル》の艦長は決まっていなかったな。前艦長は瓦礫《がれき》部隊作戦の準備中に倒れたはず」すでに暗くなったインターカムの画面を指さす。

「その男……フラッシュはきわめて有能だといったが、なんの専門家だ? どんな分野の? 走り高跳びか、走り幅跳びか、ハンマー投げか?」

「見た目だけで判断してはいけませんよ」ロワがかすかに皮肉をこめていう。この原則をだれから教わったか、よくおぼえていたから。

ローダンは興奮して、

「フラッシュか! どうしてそんな名前なんだ?」と、尋ねた。

「父上ならわかるかもしれません」と、ロワ。「本名はブラド・ゴードンといいます」

わずかな間があって、ローダンは名前の由来に思い当たった。

「そういうことか！」と、うめくようにいう。だが、すぐに真顔にもどった。「そろそろ説明してもらおう」

「たいした話じゃありませんよ」ロワが軽い調子でいう。「《サンバル》のような軽巡洋艦なら、アルマダ工兵が新鮮な原材料を探す星系への遠征任務にうってつけです。練度の高い乗員がいて、充分な武装もあり、いつでもスタートできる状態で、なによりも、とりあえず正式な艦長がいませんから。いまはフラッシュが代行していますが」

「どうしてそれが利点なんだ？」

「ナンドに行くために、だれかをいまの地位から降格させるのはいやでしょう？　でも、艦長には第一級の人材が必要です。《サンバル》なら最高の艦長を任命できます」

「ずっとこの件に没頭していたようだな？」ローダンが疑わしげにたずねる。「なにもかもお膳立てができているではないか」

ロワはにやりとした。

「ほかにどうしろと？　あなたはほかの問題で手いっぱいだったわけですから」

「それで、艦長はだれなんだ？」

「目の前にいますよ」ロワが答えた。

その後の話し合いは紆余《うよ》曲折したが、最終的にロワ・ダントンの意見が通った。かれの不在中はウェイロン・ジャヴィアが全体を統率し、その副官であるサンドラ・ブゲアクリスが《バジス》船長をつとめる。ローダンは〝背景人物〟に徹し、ミュータントと科学者たちの補佐を受ける。

充分な説得とゲシールの親身な口添えもあって、ローダンも最後には息子に感謝するようになった。ここ数日の混乱で、アルマダ工兵のシュプールを探す遠征にかれ自身が同行するのは不可能だった。その役割をロワが肩がわりしたのだ。《サンバル》のスタート準備はほぼ完了していた。この軽巡洋艦は自由テラナー連盟と宇宙ハンザの新造艦にふさわしい機動性と加速性と武装をそなえている。百五十名の乗員は充分な訓練を受け、ローダンがブラド・〝フラッシュ〟・ゴードンに感じた疑念も、ロワによって払拭《ふっしょく》されていた。

＊

《サンバル》は十時間後にスタートした。ナンドのポジションはバジス＝1から五百七十三光年、機敏な軽巡洋艦にとってはひと跳びの距離だ。ただ、目的ポジションには慎重に接近する必要があった。ジャンプ後の通話およびデータ通信プログラミングは完了している。《サンバル》は探知されるリスクを大きくすることなく、《バジス》と連絡できるはず。最初の報告は三、四日後、ナンド星系の走査を終えたあとになる予定だ。《サンバル》がスタートした直後、ハミラー・チューブは地球にいるジェフリー・アベル・ワリンジャーのかわりに首席科学者の座についた……当然、自発的にそうしたもので、その地位を提供されたわけではない。

「ゾンデが帰還しました、サー。成果はありません」ハミラーが報告する。「特殊シールドのおかげで、恒星のコロナの上層まで接近できました。とくに異状は見当たりません」

「それが信じられたらいいのだが」と、ローダン。「ピークは相《あ》いかわらずなのか？」

「相いかわらずです、サー。平均三分間隔で発生しています」

「観測されたピークの回数は？」

「ほぼ八百回です、サー」

ローダンは通信を切った。手はつくしたのだ。ゾンデは最後の希望だった。八機のアルマダ牽引機がほんとうに《バジス》とバジス＝1の基地を危険にさらすようなものを恒星に射出したなら、恒星表面付近のどこかにそれが存在するはず。だが、コロナのほうまで調べてもなにも発見できなかった。本来ならそれで安心できるはずなのだ。あのいわゆる〝ピーク〟は恒星の核の近くで発生していると考えられる。だったら、それはグーン・ブロックが運んできたものではありえない。アルマダ牽引機がなにを積んでいたにせよ、恒星内部の温度に耐えられるはずはないから。

どうすればいい？　《バジス》と基地のあいだの行き来は、ふたつのピークの間隔が二分以下になったとき停止させた。地上では建設作業がつづいている。だが、輸送船がもうないので、人員やロボットや資材をバジス＝1に運ぶことができなかった。脅威が長くつづくなら作業にも遅れが生じ、やがて完全に停止してしまうだろう。

だが、待つ以外になにができるというのか？

＊

フレンチ・スリンガーはみじめな一日をすごした。ジャニ・ニッコは《スタテンアイランド》が格納庫に繋留《けいりゅう》された直後、するりとかれの手を逃れてしまった。そこらじゅうを探しまわったが、どこにも姿がない……自室にも、輸送船の乗員たちが自由時間にたむろしている区画にも。彼女に避けられている気がして、自尊心が傷ついた。かれは傷心のまま、ナドゥ・ナジーブと連絡をとろうとした。完全に連絡を絶っているはずはない。この状況では、たとえ行き先がオオワシの渓谷の荒野だろうと、つねに《バジス》と通信できるようにしているはず。だが、一日調べてわかったのは、彼女が〝公式〟の用件以外の通信を遮断していることだった。私的通信では呼び出しコードが開示されないのだ。フレンチ個人を対象にした処置ではないが、それでもかれは衝撃を受け、ますます意気消沈した。

そこでかれは考えなおした。任務に専念しよう！　だが、この決意にも運はなかった。輸送船の運用主任に連絡して新規の積み荷をもとめると、輸送作業は一時的に中断したと告げられたのだ。

「どうして？」フレンチは追いつめられた気分で叫んだ。

「知らない。上からの指示だ」

「地上の連中が飢えてしまうじゃないか！」

「そこまで長い期間じゃないだろう」

「どうしてわかる？」と、フレンチ。「命令の理由は知らないんだろう」

相手は慈父のような笑みを浮かべて、

「司令室の面々はちゃんと理解してるさ」

フレンチはばかにされたように感じ、さらに興奮した。

「そりゃ、ちゃんと理解してるだろうさ」と、皮肉っぽく相手の言葉をくりかえす。

「知りたいのはなにが起きているかだ。輸送船の運航が中止されたなら、危険があるということ。どうしてわれわれになにも教えない？　インターカムにとりついて、なにが起きているのか問いつめるべきだろう」

相手はまた同じような笑みを見せた。

「わたしの話を聞く気があるか？」

「あるとも」と、フレンチ。

「だったらいおう、わが友。どうして虫の居所が悪いのかは知らないが、まだその調子でつづけるつもりなら、きみを精神医療センターに連れていくしかなくなるぞ」

これを聞いてフレンチは踵を返し、おぼつかない足どりでキャビンから出ていった。そのまま輸送船乗りたちが〝パブ〟と呼んでいる場所に向かう。実際には食堂の奥の一角でカクテルバアが開いているだけだ。かれはそこで一日の嘆きを洗い流そうとしたが、思ったような効果は得られなかった。二時間後、世界がぐるぐる回転しはじめ、スツールにしっかりつかまっていなければならなくなる。どうやって自分のベッドに入ったのか、あとになって思いだすことはできなかった。だが、休息時間の途中、かれは雷に打たれたように飛び起きることになった。スピーカーから大音量で声が響いたのだ。

「輸送船乗員は全員、持ち場につけ。輸送業務を再開する」

＊

船長のコンソールを半円形にかこんで主要な面々が立っている。ペリー・ローダン、ジェン・サリク、タウレク、ウェイロン・ジャヴィア、サンドラ・ブゲアクリスである。

「確実なんだな？」と、ローダンがたずねた。

「不確実であるはずがないでしょう、サー」ハミラー・チューブの声が答える。「ふたつのインパルスの間隔が一・八六分まで短縮すると……いきなりピークが消えたのです」

「いつのことだ？」

「二時間前です。それ以後、恒星のスペクトルに異常はいっさい認められません」

ローダンは一同の顔を見まわした。そこには不信ととまどいの表情があったが、明らかにほっとしているのもわかった。

「なにかアドヴァイスは？」

「あと三時間待つのがいいでしょう、サー。それでなにも起きなければ、この状況は切り抜けられたと判断できます」

「わかった、ハミラー」と、ローダン。「そうしよう」

三時間が経過した。一同は司令室に隣接する、データ確認とハミラーとの会話が可能なキャビンに待機した。だれもが口数すくなく、話の内容もどうでもいいことばかりで、まるで本来の問題から無理にも意識をそらそうとしているようだった。ハミラーから報告はなく、一分ごとにかれらの希望は大きくなっていった。

しばらくして、ローダンがいった。

「どうだ、ハミラー？」

「ピークは観測されませんでした、サー。状況を判断するかぎり、問題は消滅したようです」

ちいさなキャビンのなかに安堵の吐息がひろがった。ローダンはインターカムから中央指揮所に連絡した。

「輸送船乗員を全員、ただちに任務に復帰させろ。積み荷の搬送を再開する」

ローダンはシートの背にもたれかかった。ほっとしていいのか？　確信が持てない。どこか意識の奥のほうに、まだ解決していないのではないかという疑念がのこっていた。

そのとき、隣りにいたジェン・サリクがいきなり身を乗りだし、興奮した口調でポジトロニクスに話しかけた。

「ハミラー、ピークの数はぜんぶで何回だった？」

「二千四十七回です、サー」ハミラーがおごそかに答える。

「八機のアルマダ牽引機が接近したときの探知記録はのこっているな？」

「もちろんです、サー」

「きみはそれを調べてくれ！」と、人間に対するように指示する。「牽引機から恒星に打ちこまれた火花の数だ！　計数して、結果を教えてもらいたい」

だれもが驚いて顔を見合わせた。サリクがなにを思いついたのか、見当がつかなかったのだ。ただ、タウレクだけが微笑していた。

5

フレンチ・スリンガーは強力な薬を服用し、過度のアルコール摂取の影響を追いはらった。それでも輸送船の操縦席にすわる気にはなれない……いくら機動の大部分を自動操縦装置がやってくれるとしても。《スタテンアイランド》の積み荷を知ったときには思わずのけぞった。バジス＝1基地の中枢エネルギーシステム、すなわち二十一基のニューガス＝シュヴァルツシルト反応炉で、総額は数十億ギャラクスにもなる。これまでに《スタテンアイランド》が運んだなかでもっとも高価な積み荷だった。

フレンチが操縦室に入ると、ジャニ・ニッコはすでにそこにいて、にこやかに挨拶してきた。かれはそれに力を得て、するつもりのなかった質問をすることにした。

「どこにいたんだ？　船じゅうを探しまわったよ。できればふたりで……居心地のいい晩をすごしたかったのに」

ジャニは微笑した。

「ひとりになりたかったの。考えたいことがあって。だからソラリウムの奥にもぐりこんで、二十四時間ずっと人工太陽の光を浴びることにしたの。例によってじゃまが入ったけど」

「それで考えがまとまるといいな」フレンチはすなおにそういった。「輸送船の運用が再開された理由を知らないか？　どうしてそうなったんだ？」

「見当もつかないわ」と、ジャニは、「どうしてそんなことに頭を悩ませる必要があるの？　これで作業は再開でしょ？」

その後すぐに《スタテンアイランド》はスタートし、なにごともなく《バジス＝1に到着。その直後、建設本部から連絡が入った。ニューガス＝シュヴァルツシルト反応炉の設置準備がまだ完了していないので、せめて建屋の基礎工事が終わるまで、反応炉は輸送船内で保管するようにとのことだ。待機期間は惑星時間でまる一日、二十八・四時間である。ジャニは《バジス》船内の輸送船司令部に連絡し、乗員全員がまる一日の休暇をとるしかないと説明した。高価な積み荷を下ろして雨風にさらしてまで、《スタテンアイランド》の飛行回数を増やす意味はないから。司令部もそれを了承した。

「さて」ジャニは満足そうな笑みを見せた。「これで居心地のいい晩をじゃまするものはなくなったわ」

「きみは……つまり……」フレンチがいいよどむ。

「もちろんよ。どこか適当な場所を見つけて、飲んだり食べたりを楽しみましょう」

フレンチは感きわまった。夢が叶ったのだ！　自分が恋するカップルの男性側になるという昔からの夢など、最近はすっかり忘れていた。

ふたりはグライダーでオオワシの渓谷に向かう。前回フレンチが訪れて以来、建設作業はだいぶ進んでいた。ふたりきりになれる場所はすぐに見つかった。必要最低限の設備しかないドーム住居に暮らす技術者たちが、フレンチとジャニの願いを聞き、すぐさま意味ありげに理解をしめしたのだ。二グループが片方の住居に集まって、ドームをひとつ、かれらのいう〝新婚さん〟に明けわたしてくれた。

きのうは神経衰弱になりかけていたフレンチが、きょうは人生最高の日を迎える。ただ、そのよろこびの盃のなかに、一滴だけ苦汁が混じっていた。ジャニとの関係は友情あふれる楽しいものだが……ロマンスのかけらもなかった。繊細な男であるフレンチはそれを察知し、昼夜の計画からエロティックな場面を削除することにした。

＊

「正確な数字は確定できません、サー」ハミラー・チューブが報告した。「たぶん二千四十八回だと推測します……が、これも二の冪乗《べきじょう》だからというだけです。記録から計数したかぎりでは、二千回から二千百回のあいだとしかいえません」

「それがアルマダ牽引機が恒星に向けて発した〝火花〟の回数なのだな？」ジェン・サ

リクが確認する。

「はい、サー」

「ごくろうだった、ハミラー」

サリクが顔をあげると、そこには勝利の笑みがあった。

「思ったとおりです」と、おだやかな声でいう。「牽引機が射出したのはなんらかの物体の構成部品でしょう。部品は射出後に結合するようプログラミングされ、本来の物体が復元されるわけです」

「それがピークとどう関係するのだ？」ローダンが疑わしげにたずねる。

「ふたつの部品が結合すると、瞬間的にエネルギーが放出されます。二個の水素原子が核融合してヘリウムになるようなものです。その場合もエネルギーが放出されます。最初の結合が終わると、大きさが倍の部品が千二十四個のこります。そこで次の結合プロセスが進行し……部品の大きさが倍になったため、放出されるエネルギーも大きくなります。ピークがだんだん大きくなったのはこのせいです。わかりますか？」

ローダンは首を横に振った。

「そんな物体があるとしたら、どうしてゾンデで発見できなかったのだ？」

「ゾンデはコロナのどれだけ深部まで探査したので？」

「二千キロメートルくらいだ」

「それなら、深度がたりなかったのでしょう。物体はもっと恒星の中心に近いところに存在するはず」

「それではとっくに溶けるか、燃えつきるか、爆発しているはず」ウェイロン・ジャヴィアが反論した。

「そうでしょうか？　どこからきたのかもわからないのですよ」

「アルマダ工兵がつくったことはわかっている」と、ローダン。「たしかに、アルマダ工兵の技術は驚異的だ……われわれの数百年先をいっていると考えても不思議ではない。それなら恒星の中心近くに物体を配置することも……」

「質問がふたつあります」サリクが割りこんだ。「第一、搭載艦を改造して、コロナ表層よりも恒星内部に一万から一万五千キロメートル、できれば二万キロメートルまで進出させることは可能でしょうか？」

ローダンはしばらく返答をためらってから、

「ここの恒星の性質はわからないが、可能なはずだ。もちろん、時間にかぎりはあるし、準備にもかなりの労力が必要になる。反応炉と防御バリア・プロジェクターを追加しなくてはならないから」

「では、ただちに準備にとりかかるべきです」と、サリク。

「なぜだ？」

「近くから観察する必要があるからです」

「質問はふたつだったな」タウレクが口をはさんだ。「第二の質問は？」

「ああ、そうでした。物体をつくったのはアルマダ工兵だと、なぜ断言できるのかということです」

「ジェルシゲール・アンが、八機のアルマダ牽引機はアルマダ工兵の命令下にあるといったのだ」ローダンが答える。

「なるほど。それは確実な情報なのですか？　ジェルシゲール・アンがだまされている可能性は？　本人が気づいていないだけかもしれない。ほかに根拠がないのなら、予断にとらわれることなく、物体の起源は不明と考えるべきです」

周囲がしんとなった。やがてローダンが口を開く。

「そのとおりだ、ジェン。われわれ、あまりにも決めつけすぎていた。きみの仮説には説得力がある。よし、二千個以上に分離していた部品が結合したと考えてみよう。だが、その物体の任務や機能、性質はどういうものなのか？」

サリクは満足そうに微笑した。

「それを知るには、どうします？」

「きみがさっきいったとおりだ。一万キロメートルないし二万キロメートルまで恒星の表層下にもぐれる艦を用意する」

＊

フレンチはよく眠れなかった。夜中に何度も目ざめては半時間ほど闇の奥を見つめ、やがて眠気に負けてふたたび目を閉じる。朝がくると起きあがり、前千年紀の遺物のようなせまい浴室でシャワーを浴びた。水はおかしなにおいがし、液体石鹸はろくに泡立たない。朝食のことを考えたがすぐに却下し、東向きの大きな窓の前まで歩いていった。オオワシの渓谷をかこむ丘陵の上に、赤みがかった金色の恒星の上端が見えていた。

ナドゥ・ナジーブのことを考える。探してみるべきだろうか？　ジャニとの仲は一歩も進展していない。彼女は自分を兄のように見ているらしい。だが、男というのは強い絆《きずな》がなくては、長いこといっしょにいられないではないか？　《スタテンアイランド》は正午ごろスタートする予定だ。それまではまだかなり時間がある。

かれは窓に背を向けた……あまり考えずに動いたのがよかった。その瞬間、まばゆい閃光が朝の光を受けた室内を貫いたのだ。爆発音がちいさな建物の基礎を揺るがし、大地が波打った。フレンチは振りかえり、窓に駆けよった。巨大な土煙があがっている。それがおさまると、数メートル幅の溝が見えた。溝はドーム近くをはしり、はしばしから煙があがっている。かれは目をこすった。そこにはついさっきまで建物があったはずだ。まだ居住者のいない、未完成のドームが。

それが消滅していた！

爆発だ。驚きとまどいながらそう思う。なにかまずいことが起きたのだろう。急いで身支度をする。なにがあったのかたしかめなくては。ラジオカムは通じなかった……損傷したのか、まだ接続できていないのかはわからない。部屋の出口に向かうと、ドアにたどりつく前に二度めの爆発が起きた。こんどは世界の終わりのようだった。

さらに爆発が連続する。衝撃で大地が震動した。立っているのもむずかしい。ドームの基礎である鋳造材がぎしぎしときしんだ。壁に亀裂がはしり、蒸気まじりの粉塵《ふんじん》が落下してくる。

「なにが起きたの？」

服装をととのえたジャニが隣室の戸口に立っていた。フレンチはとほうにくれた身振りをした。

「わからない」騒音に負けないよう、大声で答える。「そこらじゅうで爆発が起きてる。見に行かないと」

ジャニは建物の出口に向かい、ドアを開けた。煙が流れこんでくる。遠くから悲鳴も聞こえた。

「なにが爆発しているの？」と、フレンチに大声でたずねる。「ここは居住区のまんなかなのよ！」

フレンチは首をかしげた。なにがいえるというのだ？　外の騒音がちいさくなった。急ぎ足の足音がドームのそばを通過する。フレンチはジャニの腰に腕をまわした。

「行くぞ」

ふたりは外に走りでた。強風が立ち、土埃《つちぼこり》と煙を吹きはらう。居住区にはもう二十ほどのドームがのこっているだけだった。どれも建設区域の外周部、ロボットが植物を刈りとり、地面をたいらにし、建物のための基礎工事を進めているあたりだ。地面にはいくつもの溝ができていた。その縁には液状化してかたまった土が盛りあがっている。蒸気が噴きだしている場所もあった。家ほどもある建設ロボットが一体、溝に落ちてもがいていた。フィールド・エンジンがうなりをあげて脱出しようとするが、落下の衝撃でどこか故障したらしい。突然、ロボットがまぶしい輝きを発し、数秒で大音響とともに爆発した。白熱した金属片やプラスティック片が周囲に飛び散った。

警報音が鳴りひびく。煙のなか、あちこちに動きまわる影が見えた。進む方向はばらばらだ……カオスから逃れようとするものの、混乱していて、どこが安全なのかわからないのだろう。

閃光がはしった。ただの閃光ではない。樹齢百年の木の幹ほどの太さの、まばゆい致死性のビームだ。真上から発射されたものではないが、渓谷の地面に急角度で突き刺さる。オオワシの渓谷をとりまく峰々の頂上から発射されたものらしい。それは地面をえぐり、何トンもの土砂《どしゃ》を赤熱《せきねつ》させて空中に飛び散らせた。まるで火山の噴火のようだ。はげしい衝撃音で、しばらくはほかの音がなにも聞こえなくなる。

「輸送船に！」ジャニが両手でメガホンをつくってフレンチに呼びかけた。「《スタテンアイランド》にもどるのよ！」

フレンチはうなずいた。ふたりで急いで居住区にもどる。ドームはどれも同じような外観だ。かれは自分たちの宿舎を見分ける目印にするため、グライダーを正面入口の前に駐機していた。ふたたび閃光がはしる。空中に跳ねあげられ、からだが回転するのを感じた。竜巻に巻きこまれ、翻弄《ほんろう》され、地面にたたきつけられる。熱く湿った土砂が降りそそぎ、生き埋めにされそうになって、フレンチはパニックにおちいった。

悲鳴をあげ、両手両足を振りまわす。土砂が押しのけられ、かかっていた重みが軽減した。周囲が明るくなる。大きく息を吸いこみ、息苦しさを追いはらおうとして……次の瞬間、窒息するかと思った。あえぎながら咳《せ》きこんで、吸いこんでしまった有毒ガスを吐きだす。よろよろと立ちあがると、そこは湿った土塁の上だった。ドームもグライダーも消えている。土塁は深さ五メートル、長さ百メートルほどの溝の縁だった。居住区の半分が跡形もなく消滅していた。

「ジャニ！」息苦しさを感じながら、精いっぱいの声で叫ぶ。

くぐもった、なかば窒息しかけたような返答が聞こえた。土が動き、そこから片腕があらわれる。フレンチは手をのばし、まだ熱い土を両手で懸命に掻き分けると、その下からジャニを引っ張りだした。彼女は立ちあがる力もないようだ。かれはそのからだを支え、土塁の下の平地まで運んでいった。

「フレンチ、ここから脱出しないと！」ジャニが息を切らしながらいう。

「心配するな」かれは安心させようとしていった。「雷は同じ場所には落ちないんだ」

「あれは雷じゃない」その声は興奮にうわずっていた。「狙いをつけた砲撃よ。攻撃されているの！」

「だれに？」

「それはどうでもいい。輸送船を守らないと。積み荷のことを考えて！　なんとかぶじに《スタテンアイランド》にたどりつかないと、計画が何カ月も後退することになるわ」

「わかった」と、フレンチ。「まず、なにか乗り物が必要だ。グライダーは昇天してしまったようだからな」

＊

ふたりは居住区の残骸のあいだをうろついて、懸命にグライダーを探した。致死性のビームが一定間隔で尾根の上から飛来し、オオワシの渓谷の地面に溝をうがつ……自分をとりもどしたフレンチの感覚では、ほぼ一分に一回だ。狙いはばらばらだった。攻撃しているのが何者であれ……どこを狙うつもりなのか、自分でもよくわかっていないらしい。

なかば崩れたドームの横を通過。そのそばには複雑なかたちのアンテナが、煙のたなびく空に向かってそびえている。フレンチは足をとめた。

「どうしたの？」と、ジャニ。

「あそこにボム・ジェラルドがいたはず」フレンチはドームの残骸を指さした。「閉じこめられているかもしれない」

「時間がないわ。グライダーを探さないと……」

フレンチは奇妙なものを見るような目でジャニを見た。

「危機に瀕しているかもしれない友を助ける時間がないだって？」

その視線には苦渋と失望が見てとれた。

「あなたのいうとおりね」と、ジャニ。「いっしょに探しましょう」

正面入口は開いていた。温度調整エアロックは継ぎ目から引き裂かれている。前に見た高価で複雑な装置類はほとんどのこっていなかった。瓦礫に押しつぶされてしまっている。部屋の奥は天井が崩れ、煙った空をじかに見ることができた。

「ボム！」

返事はない。ふたりは瓦礫をどけはじめた。

「ちょっと、これ！」ジャニがいきなり叫んだ。

彼女の手は布の切れはしをつかんでいた。作業用コンビネーションに使われる素材の布だ。それを引っ張ると、瓦礫の山の一部が崩れた。フレンチは急いで手を貸し、瓦礫を脇にどけていった。三分後、ボム・ジェラルドを救出。かれは目を閉じ、身動きしない。それでも浅く不規則に呼吸はしていた。左腕がグロテスクな角度に曲がっている。

「複雑骨折ね。すぐにでも治療しないと」ジャニが問いかけるようにフレンチを見る。

「可能かしら？」

外ではビーム砲撃の音がつづいている。フレンチは首を横に振った。

「無理だ。移動には時間がかかるし、どこか近くにグライダーがあるのかどうかもわからない」

ふたりはなんとかボム・ジェラルドの意識をとりもどさせようとした。頰をたたき、声をかけ、髪を引っ張る。やがてジャニがまだ水の出る水道を見つけ、冷たい水を顔にかけると、ボムは目を開いた。

「なにが……なんだったんだ？」

「まだ動くな！」起きあがろうとする男をフレンチが押しとどめた。「左腕が折れてる。なにが起きているのか、われわれにもわからない。ただ、できるだけ早く脱出する必要がある。渓谷が攻撃されているんだ」

手を貸してボムを立ちあがらせる。腕の痛みがひどいらしいことは、顔を見ればよくわかった。右手で左腕をからだに押しつけ、すこしほっとした表情を見せる。

「いちばん近くのグライダーはどこだ？」フレンチがたずねた。「とにかく北の、着陸場に向かわないと」

「いくつか先の建物、敷地のはずれだ」ボムは歯を食いしばって痛みに耐えている。

「十機以上あるはず」

「そこまで歩ける？」と、ジャニ。

「そうするしかないだろう」ボムはうめくように答えた。

外は夜になったかのように、すっかり暗くなっていた。それでも煙を貫いて一分おきに閃光がはしり、地面に溝をうがち、爆発音をとどろかせる。その音は渓谷にひろがり、周囲の丘陵に反響した。恒星は煙の向こうからぼやけた光をとどかせるだけだ。

ボムが敷地のはずれにあるといっていたグライダーのうち、ぶじなのはわずか二機だった。のこりはジャニとフレンチがかろうじて直撃をまぬがれたビームに破壊されていた。フレンチはその片方のドアを開け、ボムに手を貸して乗りこませた。科学者の顔は蒼白で、げっそりとやつれている。腕だけではなさそうだ。内臓もどこか傷ついているかもしれない。

雷鳴のような音が鳴りひびくなか、フレンチはグライダーを急上昇させた。破壊の全体像がはじめて目に入った。オオワシの渓谷のそこらじゅうから煙と蒸気があがっている。その中心部ではまだ数体の大型ロボットが作業をつづけていた。

北に目を転じる。心配なのは《スタテンアイランド》だ。折り重なる丘陵の陰になっていて、輸送船の姿はまだ見えない。だが、べつのものが目を引いた。フレンチは息をのんだ。丘陵の側面から煙があがっている。

山腹の藪が燃えていた。

6

ひろい司令室内はしずまりかえっていた。スクリーン上をデータが流れていく。いくつもの画面にバジス＝1の地表の惨状がうつしだされていた。ときおり閃光がはしり、土埃を空高く舞いあがらせるのも見える。

「輸送船二隻を失った」ペリー・ローダンが沈痛な声でいった。

「二隻ですか？」叫ぶような声が応じる。

「船を二隻と、合わせて六十名の乗員だ」と、ローダン。「大気圏上層部に突入して、着陸準備にかかっていた。地表から八十キロメートルと、九十五キロメートルだ。チャンスはなかった」

しばらくはだれもが沈黙する。やがてウェイロン・ジャヴィアが口を開いた。

「ほかの艦船はどうなっています？」

「すべて呼びもどした。すでに《バジス》に帰還したか、その途中だ。いまのところ被害報告はない。姿を見せない砲手が狙っているのは惑星の地表と、その周辺だけらしい」

「どう対処するつもりですか？」

「考えているところだ」と、ローダン。

「バジス＝1から人員を退避させるべきです！」フェルマー・ロイドが進言した。「断末魔の悲鳴が意識の奥にまでとどいてくる。ペリー、下では人が死んでいるんです！」

ローダンはかぶりを振った。その顔は石のようだ。

「救出は不可能だ」苦渋の声だった。言葉はゆっくりで、しゃべるのに苦労しているらしい。「砲撃のエネルギー量を分析させた。あの砲撃に耐えられるバリアは存在しない。《バジス》の防御バリアでさえ無理なのだ。降下はできない。矛先《ほこさき》がこちらに向かないだけでも幸運だ」

「恒星内部からの攻撃だというのはたしかなのですか？」サンドラ・ブゲアクリスがたずねた。

「まちがいない」と、ローダン。「最終探知結果が出たら、ただちにハミラーから報告が入ることになっている」

「地上の者たちに希望はあるでしょうか？」ジェン・サリクが暗い顔でたずねる。

「当初に考えていたよりはある。弾着は……宇宙船を狙ったもの以外……ひろく分散している。砲撃がはげしいのはたしかだが、基地の人員の大部分はぶじだと思う。オオワシの渓谷とその周辺の丘陵地帯だけが狙われているのだ。渓谷から脱出できれば、もう安全といえるだろう」

「連絡はつかないので？」

「ああ。ハイパー通信にも、通常通信にも応答がない。たぶん通信機がすべて破壊されたのだろう」

「ロボットはどうです？」

「作動不能になったもの以外は、なにも起きなかったかのように作業を続行していた。コード化命令を送信して停止させたが」

「なぜです？」

「敵が探知機を使って標的を探していると思えるからだ。大型ロボットが作動していたら、絶好の標的にされるだろう？」

地表に淡い閃光が見えた。

「その仮説は妥当しないようだ」と、タウレク。「攻撃はつづいている」

「わかっている」と、ローダン。

司令コンソールの周囲に集まった者たちは沈黙した。眼下のバジス＝1では基地が破壊されている。恒星内部から何度も閃光がほとばしり、渓谷を砲撃していた。これまでに建設したものがわずかでもその猛攻を逃れられるとは、なかなか想像できなかった。

「これがなんなのか、きみはわかっているのだな?」タウレクがたずねた。

「見当はつく」ローダンが答えた。「ショヴクロドンがプロクスコンから脱出する最後の瞬間に、こういったのだ……〝アルマダ工兵の恒星ハンマーがおまえたちを滅ぼす〟と」

「恒星ハンマー!」

「ジェルシゲール・アンのいったとおりだった。八機のアルマダ牽引機は、やはりアルマダ工兵の支配下にあったのだ。恒星のなかに射出された火花は恒星ハンマーの部品だった。それらが結合し、いまこうして……」

「探知機の記録データの初期評価が完了しました、サー」おちついた、快活とさえいえる声が響いた。

「聞こう、ハミラー!」ローダンが答えた。

*

「ナドゥはどこにこもったんだ?」フレンチ・スリンガーが大声でたずねた。

「よく知らないの」と、ジャニ・ニッコ。「どこか森の奥のちいさな湖のそばらしいけど、どうして?」

フレンチは丘の斜面からあがる水蒸気の雲を指さした。

「グライダーがなかったら、ナドゥはおしまいだ。どこの湖だといってた?」

「渓谷の切れ目の東側、グリーン湖のほうに八キロメートルから十キロメートル行ったところだと聞いたわ。それ以上のことはわからない」ジャニの声にも緊迫感がくわわった。「それほどの危険があると思う?」

「いうまでもない」フレンチは断言し、命令口調になった。「ラジオカムで、とにかくナドゥに呼びかけつづけるんだ」

渓谷をかこむ丘陵の切れ目を目印に方角を見定め、グライダーの機首を北東に向ける。一条の閃光が靄《もや》を切り裂いた。衝撃波がグライダーをとらえ、はげしく横揺れさせる。だが、すぐに自動安定装置が姿勢を制御した。

「くそ、あの恒星だ!」ボム・ジェラルドが叫んだ。

「恒星がどうした?」と、フレンチ。目は計器からはなさない。

「なにかが光ったんだ。同時にビームが機体をかすめた!」

フレンチは眉間《みけん》にしわをよせた。

「そんなばかな。恒星は十光分もはなれている。すくなくともそれだけの時間がかかるはず……恒星でなにかあってから、バジス＝1の地表にその影響がおよぶまでに」

「そうとはかぎらない」と、ボム。「われわれ、未知エネルギーの攻撃を受けている。超光速転送が使われているのかもしれない」

フレンチは考えこんだ。

「前に発見したといっていた〝ピーク〟と関係あるんじゃないか？」

「それは……わからない」ボムはそれ以上なにもいわなかった。歯がかちかち鳴っているのがわかる。全力で痛みに耐えているようだ。

ジャニがマイクロフォンを脇に押しやった。

「だめね」と、気落ちしたようすでいう。「通話がまったくとらえられない。全周波帯が沈黙してるわ」

「通信障害か」と、フレンチ。「あの閃光が電磁波をかき乱しているんだ」

煙が濃くなってきた。フレンチはグライダーを六百メートルまで上昇させた。丘陵のいちばん高い山頂よりも百メートル上だ。ふたたび攻撃を受ける危険はある……が、視界を確保することもできる。眼下には靄のなかに赤く輝くものが見えた。森が燃えているのだ。まにあうように逃げだせなかった者は、まず生きてはいないだろう。ジャニはナドゥ・ナジーブが森のなかのちいさな湖のそばにテントを張ったといっていた。まだ希望はある。水のなかにいれば、ナドゥは生きているかもしれない……煙で窒息していなければ。

フレンチは北に目を向けた。宇宙船の着陸場は蒸気と土埃と煙の壁に阻《はば》まれ、目視できない。《スタテンアイランド》がどうなったかもわからなかった。

「あそこ」ジャニが右手のほうを指さした。「光が見えたわ」

フレンチがグライダーを右旋回させ、降下する。煙にぽっかりと穴があき、そこから射しこむ陽光のなかに、強風に波立つ湖面が見えた。

「湖よ！」ジャニが叫ぶ。

フレンチはグライダーをしずかに降下させた。湖面から百メートルほどのところで、山火事が引き起こした竜巻に巻きこまれる。まだ姿勢安定装置が働いているが、降下するほど状況がひどくなることはわかっていた。湖岸はほとんど火の海だ。黒焦《くろこ》げになった地面からもうもうと濃いグレイの煙がたちのぼっている。東側にはまだ数ヘクタールの森がのこっているが、そこにも火の粉と灰が降りそそぎ、グライダーが木々の頂きまで降下したとき、ぱちぱちと音をたてて炎が燃えうつった。

グライダーが揺れてかたむき、フレンチは姿勢安定装置を手動に切り替えた。ジャニが鋭い悲鳴をあげる。フレンチは彼女が指さすほうに目を向けた。心臓がとまるかと思った。湖の西岸近くに、グライダーの残骸が荒れる湖面からなかば顔を出していたのだ。だが、同時にべつのものも見えた。色鮮やかな布が強風のなかではためいている。だれかが岸辺の焼けおちた木の幹に結びつけたらしい。さらに見えてきたものがあった。人のかたちをしたものが上半身を水の上に出し、大きく手を振っている。

フレンチは唇を引き結んだ。

「見つけたぞ」

＊

ジャニが操縦をかわった。グライダーは黒焦げの地表ぎりぎりに浮遊し、機体の右側は湖面すれすれだ。フレンチはハッチを開けて身を乗りだした。くそ……防護服を着用していたらどんなによかったことか！　眼下ではナドゥが最後の力を振り絞り、両手を上にのばしている。旅行用の服は焼け焦げ、もろくなった部分がはげしい波浪に洗い流されていた。あの誇り高いナドゥが、あまりにも無力な姿をさらしている。フレンチは口が渇き、同情の念で喉がからからになるのを感じた。湖面の波高は一メートルを超え、グライダーの機体をなめている。ナドゥは咳きこみながら水を吐きだし、のこった力をすべて注《そそ》ぎこんで、波に負けないように立っていた。

フレンチは外に跳躍した。波にのまれそうになったものの、足の下に大地を感じ、後退する。水面下の砂と泥にくるぶしまで足が埋まった。ナドゥをつかみ、引きよせる。彼女はパニック状態で、必死にしがみついてきた。その手を力ずくで引きはがす……遠慮している場合ではない！　彼女はなかば窒息しながらしわがれた悲鳴をあげ、かれの腕のなかでぐったりとなった。よし！　意識を失っているほうがあつかいやすい。

ナドゥをかかえあげると、一瞬、自分の膂力《りょりょく》に驚きをおぼえた。上ではジャニがハッチから身を乗りだしている。おい、ちゃんと操縦していないと、全員おしまいだぞ！ ボム・ジェラルドがジャニに手を貸した。顔を苦痛にゆがめながら、ぶじなほうの手をできるかぎりのばしている。ナドゥのからだが宙吊りになり、ハッチの向こうに消えた。フレンチは波が引くのを待ち、跳びあがって、ハッチの下部に手をかけた。そのままからだを持ちあげると、あえぎながら、全身水びたしのまま、すぐにジャニの隣りに腰をおろした。まるで待ち受けていたかのように、複雑な操縦装置の多目的ハンドルが手のなかにおさまる。ハッチが音をたてて閉じ、グライダーはふたたび上昇した。

グレイだった空が明るくなってきた。耳を聾する大音響が靄を引き裂く。衝撃波で加熱された空気がグライダーを襲い、側方に吹っ飛ばした。機体がはげしく振動する。あと半秒早かったら、地面に落下するか、樹木が燃えつきた丘陵の斜面にたたきつけられていただろう。フレンチは非常用エンジンを作動させた。煙のたなびく空を、グライダーが急上昇する。振動はおさまらない。姿勢安定装置がかろうじて飛行を制御している状態だ。

フレンチは後方に目を向けた。

さっきまで湖があった場所に、雪のように白い、巨大な水蒸気のキノコ雲が見えた。

7

「軽巡洋艦《スコルピオ》およびコルヴェット《ファーガス》が《バジス》に帰還します、サー」

ペリー・ローダンは飛び起きた。すでに三十時間にわたりまともに眠っておらず、すわり心地のいいソファでうたた寝をしていたのだ。おだやかで親しげなハミラー・チューブの声は、かれを不快な現実に引きもどした。

目をこすって疲労を追いはらい、たずねる。

「事前報告は受領しているか？」

「はい、サー。聞きますか？」

「もちろんだ、ハミラー」ローダンがうめくように答える。

インターカムの画面が明るくなり、中年女性の顔があらわれた。ローダンも知っている《スコルピオ》艦長だ。彼女は用意された文書を読んでいて、ほとんど顔をあげなかった。

「軽巡洋艦《スコルピオ》の任務遂行状況です。《バジス》との相対距離四十七光年に一星系を発見し、同時に座標を中央船載ポジトロニクスに送信しました。拠点建設に最適と思われる一酸素惑星があり、独自の生命体は存在せず……」

ローダンはその異惑星に関する詳細を聞き流していたが、突然、耳をそばだてた。

「……調査中、十一隻のアルマダ牽引機が出現し、星系の主星に接近しました。《スコルピオ》はただちに身をかくしました。牽引機は恒星に近い周回軌道をとって未知物体を射出、物体は高速で恒星に突入しました。その後アルマダ牽引機は高速で離脱、目的ポジションは不明です。ゾンデを使って近接探知を実行しましたが、射出された物体に関して情報は得られませんでした。推測するに……」

ローダンは再生を中断させた。一拍遅れてハミラー・チューブがふたたび声をかけてきた。

「興味深いと思いませんか、サー？」と、皮肉っぽくいう。

「ハミラー、わたしを苦しめるな。《ファーガス》はどうなっている？」

「映像を再生しますか？」

「とんでもない！　同じような事象があったかどうかだけ教えてもらおう。きみはもう報告を盗み見ているのだろう」

「失礼ながら、サー、そのような表現をされるいわれはありませんし、わたしはなんの罪もおかしては……」

「ハミラー、いますぐ説明をはじめないと、射殺させるぞ」

「それはかんたんではないでしょう、サー。ですが、あなたの精神状態を考慮して、否定的な表現には目をつぶり、説明を開始します」

「そうしてくれ」と、ローダン。「《ファーガス》の状況は？」

「同じ事象を観察しています、サー。やはり酸素惑星を発見し、基地建設に適するかどうかの調査中、一群のグーン・ブロックが主星に接近し、未知物体を内部に射出しました。ここで起きたことと、また《スコルピオ》が発見した星系で起きたことと同じです」

ローダンはしばらくなにもいわなかった。なかば目を閉じ、壁のはるか向こうにある想像上の一点を見つめている。

「よく聞け、ハミラー」と、ようやく口を開いていう。「《スコルピオ》と《ファーガス》が帰還したら、ただちに両艦艇の基幹乗員と面会したい。わたしの私用キャビンに案内しろ。もうひとつ、《ケルベロス》の艤装《ぎそう》はどうなっている？」

「八十パーセントまで進んでいます、サー。遅くとも五時間後には恒星への出発準備が完了するでしょう」

＊

ローダンが《スコルピオ》と《ファーガス》の乗員から話を聞くあいだに、数日前にスタートしたべつの五隻も帰還した。いずれも事前報告を送ってきている。三隻は基地設置に適した惑星を発見し、やはりアルマダ牽引機の群れが、それぞれの星系の主星に未知物体を射出するのを観測していた。のこる二隻は酸素惑星を発見できず、アルマダ牽引機も見かけていない。

どうやら状況がわかってきた。アルマダ工兵のメンタリティを想像するのはむずかしくない。《バジス》を敵と認識しているのだ。

ラス・ツバイとグッキーの両テレポーターが《バジス》の助力を受けて四隻のハンザ船、《フロスト》、《パーサー》、《オサン》、《ロッポ》の乗員を解放するのに成功したとき、ショヴクロドンは恒星ハンマーがテラナーを滅ぼすと脅迫した。その後、べつのアルマダ工兵と接触したさい、相手はオルドバンを……実在するとしての話だが……制圧し、無限アルマダをわがものとする旨を宣告した。《バジス》が新拠点のバジス＝1に向かう数日前のことだ。さらに、グッキーとアラスカ・シェーデレーアが尾行した〝まだら〟はアルマダ工兵ヴァークツォンの配下だった。その者がライレの〝目〟とコスモクラートのリングとローダンの細胞組織を持っていったのだ。アルマダ炎をあたえる代償という話だったが、実際にはローダンのシンクロニトを作成するためだった。

アルマダ工兵は……たぶん少数しかいないが……まちがいなくつねに連絡をとりあっている。ショヴクロドンが知ったことはヴァークツォンに伝わるし、その逆もしかりだ。そしてかれらは、現状で危険なものとなっている敵に力を集中している。つまり、《バジス》に。ローダンが惑星に拠点を設けようとしていることも、そのためにM－82を横断する旅をするはずがないことも、かれらにはかんたんに見当がつくだろう。つまり《バジス》は現在ポジションに近い惑星に基地を建設するということ。

そこでアルマダ工兵は行動にうつった。利用可能な惑星が……テラナーがなにを〝利用可能〟と考えるか、アルマダ工兵は熟知している！……星系内にあるすべての恒星に、仕掛けを施したのだ。恒星ハンマーは複雑だが単純な装置で、疑わしい惑星に技術活動が生じると活性化する。実際にどういう作用なのかはいまのところ不明だった。はっきりしているのは、《バジス》が基地を建設しようとしていると思われる惑星の地表および直近の大気圏内に標的を絞って攻撃をくわえることだ。オオワシの渓谷の上空五万一千キロメートルに存在する《バジス》には、攻撃は向けられていなかった。着陸場から百五十キロメートル以上はなれた輸送船も……降下中であれ上昇中であれ……まったく被害を受けていない。

つまり、アルマダ工兵は《バジス》を待ち受けていたのだ。そして、バジス＝1で捕捉した。ハイパー測定装置による計測にもとづくハミラー・チューブの計算によると、恒星ハンマーは恒星のコロナから一万八千キロメートル内側に存在している。安定した軌道で移動しているのか、なにか想像もつかないようなエネルギー源を利用して恒星の大重力に抵抗し、一定ポジションにとどまっているのか、見当もつかない。オオワシの渓谷が継続して砲撃されているのを見ると、いまのところ後者の可能性のほうが高そうだが。

《ケルベロス》が恒星のコロナよりも内部に進出する準備が完了するまで、あと四時間。ローダンはどのように作戦を進めるか、小型スペース＝ジェットの乗員にはだれが最適かを考えつづけていた。必要なのは三、四名だ。グッキーとラス・ツバイはいつでも介入できるように待機している。心配なのは……

警報が鳴りひびき、ローダンは立ちあがった。

「ハミラー、なにがあった？」

「バジス＝1の地表に動きがあります。一輸送船がスタートしました。《スタテンアイランド》です、サー」

＊

グライダーは高度千メートルで丘陵の連なりをこえた。ジャニ・ニッコとボム・ジェラルドの努力で、ナドゥ・ナジーブは意識をとりもどしていた。ただ、明らかにショック状態で、ぐったりと横たわったままだ。質問にもまともに答えることができない。とうとうフレンチ・スリンガーがこういった。

「休ませておこう。精神科の医師に診《み》てもらえば、なにか思いだすだろう」

北の平原の上にはグレイの煙がたなびいている。視界は悪く、数隻の輸送船の輪郭がどうにかわかる程度だ。これらの輸送船はなぜ砲撃開始直後に、土埃を突っ切ってスタートしなかったのだろう。結局、荷下ろしが計画どおりに進められず、まる一日の休暇が認められたのがあだとなったようだ。通常、輸送船はきっちりした、余裕のないスケジュールで運航されている。だが、見たところ、どれも乗員はそろっているようだった。どうしてまだスタートしていない？

理由がわかったときは、冷たい手で背中をなでられたような気がした。最初は着陸場全体に散乱している黒い塊りがなんなのかわからなかった。なかにはちいさなクレーターをつくっているものもある。だが、さらに降下すると、それが艦船の部品だとわかった……焼け焦げた残骸だ。ばらばらになって、白熱しながら大気圏内を落下してきたのだろう。なかば溶解した状態で、草や藪におおわれた平原に散乱したのだ。落下地点周辺には草が燃えた痕跡が見えた。

フレンチはごくりと唾《つば》をのんだ。一隻ぶんの残骸にしては多すぎる。すくなくとも二隻ぶんの部品が散乱しているようだ。大気圏外か、大気圏最上層で撃墜されたのだろう。ほかの輸送船がスタートしないのも無理はない。

《スタテンアイランド》の姿が見えた。見たところ無傷だが、百メートルほどはなれた地面に焼け焦げた深い溝がうがたれている。ビームがそこに命中したらしい。やり場のない怒りがフレンチをとらえた。未知の敵はバジス＝1から退避しようとするものをすべて撃墜するつもりなのだ。《スタテンアイランド》の貴重な積み荷をどうやって守ればいいのか……しかも、惑星地表を攻撃する場合にくらべ、不気味な武器ははるかに正確に狙いを定められるのに。

丘陵の彼方から雷鳴のような音が響いてくる。フレンチはグライダーを着陸させ、ハッチを開いた。ふたりでナドゥを助けて外に出る。輸送船の惨状を見て、無表情だった黒い大きな目に生気がもどった。

「わたしの船が」ナドゥがつぶやく。「もどらないと……《バジス》にもどらないと！」

乗員の数は半分ほどだった。のこりはジャニやフレンチと同じように突然の休暇を楽しむため、オオワシの渓谷のどこかに出かけ、もどれなくなったのだろう。それでも《スタテンアイランド》を飛ばすのに支障はなかった。輸送船はひとりでも飛ばせるから……やり方さえわかっていれば。フレンチは積み荷をチェックした。ニューガス＝シュヴァルツシルト反応炉は安全に保管されている。この時間には荷下ろしロボットが積み荷を引きとりにきているはずだったが、敵の砲撃で足どめされているのだろう。フレンチは操縦室に入った。

「積み荷はぶじだ。ただ、どうやって脱出したものかな」フレンチは操縦コンソールのほうを顎でしめした。

「だめ」と、ジャニ。「《バジス》との連絡は?」

「惑星全体が貫通できないバリアにつつまれているみたい。ラジオカムもハイパー通信もつながらないわ」

「外の残骸は見ただろう」ボム・ジェラルドが苦しそうな声でいった。「バジス＝1から脱出しようとしても、いまいましいビーム砲の餌食《えじき》になるだけだ」

ナドゥが船長のシートに腰をおろした。無頓着に大きく脚をひろげる。湖の水が服から滴《したた》っていることも、半裸であることさえ意識していないようだ。

「明暗境界線よ」と、陰鬱につぶやく。「低空で明暗境界線をめざす。ビーム砲も惑星ごしに撃ってはこられない。夜の側に入りこめれば助かるはず!」

フレンチはそのつぶやきを聞いていた。

「たしかに! それしかない!」と、大声をあげる。「敵は惑星表面をでたらめに砲撃してるけど、ある程度の高度に達した宇宙船は正確に撃墜してる」言葉が熱を帯びた。

「だったら、明暗境界線まで地表近くを飛んでいけばいいいんだ。惑星がわれわれと恒星のあいだにきたら、そこで高度をあげればいい」

「で、そのあとは？」と、ボム。「いずれは惑星の影から出るしかない」

「考えろ、ボム、考えるんだ！」フレンチの熱意は衰えなかった。「敵が砲撃を開始したとき、すくなくとも十隻の輸送船が惑星と《バジス》のあいだにいたはず。だが、撃墜されたのは二隻だけだ。なぜだと思う？」

ボムはぼんやりとかれを見つめている。

「ビーム砲はバジス＝1の周囲のごくせまい範囲しか狙えないんだ。どのくらい上昇すれば安全なのかはわからないが、三、四百キロメートルあれば充分だろう」ボムの反論を封じるため、急いでつけくわえる。「ああ、科学的な根拠があるわけじゃない。勘だよ。それでいいか？」

「それで行く」ナドゥが暗い声でいった。

操縦室のハッチが開き、

「だれか医師を呼んだようだが」と、いう声が聞こえた。

振りかえると、長身痩軀《そうく》の男の姿があった。フレンチが訊く。

「医師なのか？」

「最高の腕前というわけではないがね」男はにやりとした。「だが、多少の経験はある」

フレンチはナドゥとボムのほうをしめした。

「あのふたりの治療が必要だ。なにができるか見てくれ。乱暴な機動にも耐えられるようにしてもらいたい」

ボムが進みでた。感じている痛みが表情からも伝わってくる。ナドゥは気が進まないようで、なにもいわずにコンソールの角にしがみついていたが、医師が多幸剤を注射すると抵抗はしなくなった。

フレンチは操縦席についた。振りかえってジャニを見る。

「いいか？」

「いいわよ」と、ジャニ。

フレンチは自動操縦装置に計画を告げた。おちついた、だが、明確な言葉を心がける。

「了解しました」ロボット音声が答えた。

「よし、行け」フレンチが命令する。

船内の奥のほうで輸送船の強力なジェネレーターが始動した。船体が振動し、広大な北平原の荒れた地表をはなれる。

《スタテンアイランド》の冒険的な飛行がはじまった。

8

「高度三百メートル」と、フレンチ・スリンガー。

《スタテンアイランド》の下面と草や藪だらけの平地とのあいだに、それだけの距離があるということ。輸送船はその高度をとって飛行していた。じつはそんなことを報告する必要はない。操縦室にいる者ならだれでも、目の前のスクリーンを見れば飛行状態を確認できるから。だが、フレンチ・スリンガーはなにかいわずにはいられなかった。静寂が神経にこたえるのだ。

着陸場ははるか後方で、輸送船は赤道から数度だけ北に角度をとって飛行している。スタートしたのは現地時間でほぼ正午だった。惑星の自転に合わせて東向きに、昼と夜の境界をめざしている。エンジンはこんな機動を想定しておらず、速度は毎時八百キロメートルが限度だった。それ以上だと飛行が不安定になる。

陽は西に沈む。《スタテンアイランド》が東向きに移動しているため、日没までの時間は二十五パーセントほど短くなるはず。二十八・四時間ある昼間の時間が、二十二・

七時間になるということ。それでも正午から日没まで六時間ほどある。フレンチはクロノメーターに目をやる回数が増えていることに気づいた。湖で浴びた煙で火傷《やけど》したまぶたがまだひりひりする。医師からの報告はない。ナドゥ・ナジーブとボム・ジェラルドの容態は不明だ。地表の映像に目を凝《こ》らしたが、画面はグレイ一色だった。バジス＝1ではもうなにも機能していない。

三時間後、フレンチは当直を交替した。ジャニ・ニッコもいっしょに休息をとる。二時間ほどぐっすりと夢も見ずに眠り、スタートから五時間後、ふたたび任務についた……まだ疲れはのこっているが、休息前よりはずっとましだ。

周囲の風景は変化していた。《スタテンアイランド》は三千メートルの高度をとり、山頂までジャングルにおおわれた山脈を飛びこえようとしている。フレンチと交替した若い女性からとくに申し送りはなかった。不気味な砲手はまだ《スタテンアイランド》に気づいていないようだ。異星の太陽は西の地平線まで、あと手の幅半分といったところだろう。まもなく夜が訪れる……そうなれば安全だ。

医師から報告があり、ボムは治療を終えて、苦痛はなくなったとのことだった。ナドゥは眠っている。目ざめたときにはショックの後遺症も消えているはず。すぐにジャニも持ち場にもどってきた。フレンチと視線を合わせたとき、彼女の目には勝利の色があった。やれることはやったわ。その視線はそう語っていた。

攻撃は前触れなくはじまった。画面上の世界がいきなりまぶしい白色光でいっぱいになる。殺人的な衝撃がフレンチをシートのクッションに押しつけた。悲鳴があがり、警報が鳴りひびく。フレンチはからだを起こした。衝撃音が反響する。金属製の船体が巨大な鐘のように振動しているのだ。画面の映像も揺れている。フレンチはぞっとした。ジャングルにおおわれた山腹が急接近してきている。

「第一エンジンが作動不良です。フィールド・ジェネレーターが損傷し、過負荷になっています」自動操縦装置のおちついた声が神経を逆なでした。「A区画に空気漏れが生じています」

「ハッチは？」フレンチが叫ぶようにたずねる。

「閉じています。隣接する区画に気圧の低下はありません」

フレンチはほっと息をついた。

「第一エンジンを停止。第二から第五までのエンジン出力を二十パーセントあげて、水平飛行にもどせ！」

「降下を制御。防護が必要です」

画面の映像が安定した。左手に急峻《きゅうしゅん》な山の斜面が見える。自動操縦装置は《スタテンアイランド》を細長くせまい渓谷に誘導していた。二撃めが夕空を切り裂き、渓谷の底に炎をあげるクレーターをうがつ。広大なジャングルが瀝青《れきせい》を塗った松明《たいまつ》のように、一瞬で炎につつまれた。衝撃波が輸送船を前後に揺する。フレンチは不安な思いで後部カメラの映像に目を向けた。異星の太陽の下のほうはすでに地平線にかくれている。山々の輪郭が黒い影となって見えていた。たのむ、あと一分！

船体の下面が明るくなった。《スタテンアイランド》がたったいまその上を通過したばかりの山頂が、燃えさかる火球に変わったのだ。外側マイクロフォンから雷鳴のような音が伝わってくる。炎の地獄はひと呼吸のあいだに消え……山頂は消滅していた。溶けた岩が山頂を失った山の斜面を流れ落ち、ジャングルを燃えあがらせる。白熱した岩の破片が音をたてて外殻にぶつかった。不器用な大型輸送船は嵐の湖上に浮かぶ小舟のように横揺れし、ぐらついた。

「速度を一時的に千二百まであげます」と、自動操縦装置。

「飛行姿勢に注意しろ」フレンチが忠告した。「安定性を失ったらおしまいだ」

低いエンジン音が大きくなった。眼下の渓谷には夜の影が落ちている。後部カメラは血のように赤い円盤にかかった山の先端をとらえていた。フレンチは振り向いて、視線を中央コンソールのほうに向けた。ジャニがほほえみかけてきている。不安そうなようすはもう見られなかった。

「だいじょうぶそうだな、ジャニ」

十二分後、陽がすっかり沈んだ。それでも何度か夕焼け空に砲撃の閃光が見えたものの、砲撃角度が浅くなるほど、敵が狙いをつけるのは困難になる。《スタテンアイランド》にとって、危険はもうなかった。

「被害状況を確認しろ」フレンチが船載ポジトロニクスに指示した。

＊

「《スタテンアイランド》が明暗境界線の向こうに消えました」と、ウェイロン・ジャヴィアが報告。「わかるかぎりで一発が命中しましたが、被害は大きくないようです」

「機会がありしだい連絡をとれ」ペリー・ローダンが命じた。「どこのだれが指揮しているのか知りたい」

「輸送船が高度百キロメートルまで上昇しないと無理でしょう」と、ジャヴィア。「それより下は通信がブラックアウトしていますから。明らかに恒星ハンマーの活動の影響です。わたしが船長なら、惑星がつねに恒星とのあいだにくるようにします。惑星を盾にして上昇するということ。着陸場上空で破壊された輸送船二隻の残骸を見て、用心しないとどうなるか、わかっているはず」

セラン防護服に身をつつんだ影がふたつ、ローダンのそばに実体化した。ちいさな音をたててヘルメットが開き、後方に格納される。両テレポーターが帰還したのだ。その顔をひと目見ただけで、作戦は失敗したとわかった。

「だめでした」ラス・ツバイがあえぎながら報告。「内部に入りこめません。対象はバリアを張っていて、超能力では突破できませんでした。跳ねかえされてしまうんです」

「五回もだぜ」ネズミ＝ビーバーが歯嚙みする。「いろんなベクトルや距離でためしてみたけどどうしてもだめなんだ、ペリー」

ローダンはうなずいた。だめでもともとの試みだったのだ。成功する可能性が低いことは最初からわかっていた。

「付加装置の性能はどうだった？」ローダンが背嚢《はいのう》型の装置を指さしてたずねる。両テレポーターがセラン防護服にストラップで固定しているものだ。

「みごとです」と、ラス・ツバイ。「コロナの内部、光球の近くまで進出し、周囲の温度は五千五百度まであがりましたが、問題なく中和しました。粒子嵐や乱流の影響もありません」

「いうまでもないが、ごくろうだった」ローダンは微笑した。「目的は達成できなかったが、セラン防護服で恒星の表面近くでの活動が可能だとわかっただけでも、貴重な成果だ。休憩してくれ。だがその前に、同様の防護服があと十着必要だとミツェルに伝えてもらいたい」

アルコン人ミツェルは《バジス》でもっとも有能な技術者のひとりで、どんな問題にも尻ごみしない〝なんでも屋〟だった。恒星のコロナ内部で活動できるセラン防護服はかれの発案だったが、その有効性が実証されたのだ。

両ミュータントがいなくなると、ローダンはあたりを見まわした。

「ハミラー？」

「ここにいます、サー」

「《ケルベロス》はどうなった？」

「九十分後にスタート準備が完了します、サー」

「けっこう」

数分後、ゲシールがキャビンに入ってきた。ローダンは申しわけなさそうに彼女を見た。

「きみはがまん強いな。こんなのは若い新婚の妻の生活ではないといいにきたのなら、全面的に同意するよ」

ゲシールはソファに近づき、ローダンの髪をなでた。

「さいわい、あなたが結婚契約した女はとても忍耐力があるの」と、しずかな声でからかうようにいう。「このしわのよった眉間の奥で起きていることはわかっているつもりよ。状況はどうなの？」

「のこるチャンスはひとつ、《ケルベロス》だけだ。それが恒星ハンマーを無力化できればこちらの勝ち、できなければ、どこかべつの場所に拠点を築くしかない……バジス

＝1の人員と物資を置き去りにして」

ローダンの内心の苦衷《くちゅう》はその口調にもあらわれていた。ゲシールは一時間ほどいっしょにいて、なんとかかれの気分をやわらげようと努力したあとキャビンを出ていった。

ローダンはデータ・スクリーンのスイッチを入れ、《ケルベロス》の乗員の選抜と行動計画の策定に没頭した。自分でやりたかったのだ。コンピュータに……たとえそれがハミラー・チューブでも……まかせるのではなく。

だが、作業がまだ進まないうちに、ウェイロン・ジャヴィアが司令室から連絡してきた。かれは興奮し、不安そうだった。

「《スタテンアイランド》に異状が起きたようです。まだ真夜中まで三時間の位置なのに、急激に高度をあげています。そのままのコースを維持した場合、危険ゾーンから脱出する前に惑星の影から出てしまいます」

ローダンの表情が硬くなった。

「救出部隊のスタート準備！　地上での危険も考慮し、通常装備の重巡洋艦二隻に乗員を満載して送りだせ」

＊

カタストロフィが起きたのは、もう安全だと思ったときだった。船載ポジトロニクスが甲高い声で、重要な報告があると知らせてきたのだ。フレンチは急いで振りかえった。

「報告しろ！」

スクリーン上にデータとグラフが表示された。

「被害状況の分析が完了しました。船尾A区画、第一エンジン、および船尾中央コントロール区画に第三度の損傷があります」

フレンチはぞっとした。船尾中央コントロール区画はエンジン出力を調整する部分だ。

「自己修理できるか？」と、かすれた声でたずねる。

「ネガティヴです。第三度の損傷には対応できません」

「エンジンが不安定です」慎重に調整された、自動操縦装置の明るい声が報告した。

「このままだとエンジンがすべて停止します」

「時間はどのくらいあるんだろう？」フレンチが人間にたずねるようにいう。

「半時間以上、五十分未満です」

「ポジトロニクスの意見は？」

「妥当な推測と考えます」ポジトロニクスが答える。

「自動操縦装置……その時間を利用して、ただちに垂直上昇にかかれ」

「わかりました。その場合、高度八十キロメートルでふたたび恒星から目視されます」

「その危険は冒すしかない」フレンチはジャニに目をやり、彼女がうなずくのを確認して答えた。「ほかに手はない。全速前進、ベクトルはゼロ・ゼロ・ゼロだ」

「了解！」

《スタテンアイランド》の船体に低い振動音が響いた。スクリーンの映像が変化する。走査画面上に表示されていた風景がちいさくなった。鈍重な輸送船が全速力で夜空に向かって上昇する。フレンチの視線は垂直速度計に釘づけだった。秒速八百……九百……千メートル。くそ、遅すぎる！　地表からの距離が二十キロメートルになった。運命がかれらの生死を定める高度まで、あと六十キロメートル。八十キロメートルでたりるだろうか？　着陸場に残骸が散乱していた二隻の輸送船はどれだけの高度で撃墜されたのだろう？

三十秒がなんと長いことか！　四十キロメートル、秒速三・六キロメートル。あと十秒！　警報が鳴りだした。フレンチが作動させたのだ。詳細を説明している時間はないから。暗黒の宇宙に細く明るい弧が生じた。恒星の光が大気圏上層部から射してきたのだ。

七十キロメートル。あと二秒！　惑星の黒い円盤の陰から恒星が顔を出している。フレンチは息をとめた。不気味な砲手はいつこちらの存在に気づくだろう。一秒、二秒、三秒が過ぎる。《スタテンアイランド》の速度は秒速六キロメートルだ。十五秒が経過し、どうやら切り抜けたと思えた。ゆっくりとジャニのほうを向く。

次の瞬間、からだが浮きあがった。乾いた反響音が鼓膜をたたく。フレンチはハーネスでからだを固定しているシートごと操縦室の反対側に飛ばされ、壁に衝突した。ただ、シートのクッションに衝撃はほとんど吸収される。かれはよろめきながら床に這いつくばり、機械的な手順でハーネスをはずすと、急いで立ちあがった。照明が明滅し、サイレンが鳴った。騒音のなかで、自動操縦装置のかぼそい音声はほとんど聞きとれない。

船体は野生のポニーのように暴《あば》れまわっていた。さまざまなものが床の上を滑り、意識を失って身動きしない人影も見える。フレンチはなんとか混乱のなかを突っ切って中央コンソールに向かった。ジャニがその上に突っ伏している。その頭をかかえあげると、額の切り傷から血が流れていた。ジャニが目を見開く。

「だいじょうぶか?」フレンチは騒音に負けないよう、声を張りあげた。

ジャニが力なくうなずく。治療している時間はなかった。自分の持ち場はどこだ? あそこの、床の穴のそば、さっきまでシートが固定されていたところだ。スピーカーの音量を最大にする。自動操縦装置がわめいていた。

「船尾区画全体に着弾。船尾は完全に失われました。エンジンが存在しません。くりかえします……」

「自動操縦装置……姿勢を安定させろ!」フレンチは叫んだ。

「ジャイロが全力で作動中。もうすこし時間がかかります」

「速度はどのくらいだ？」

「着弾の時点で秒速六・二キロメートルです」

「それでどこまで行ける？」

「高度五千キロメートル強です」

フレンチはコンソールのはしにしがみついた。おしまいだ。このカタストロフィの時点で《スタテンアイランド》の速度は、船を高度五千キロメートルまで押しあげる力しかない……惑星の重力によって速度は徐々に落ちていき、五千キロメートルで停止して、そのあとは落下しはじめることになる。こんどは徐々に速度をあげながら……大気圏に再突入し、前に目にした二隻の残骸のように、白熱して溶解するのだ。

のこる可能性はひとつ、セラン防護服だけだった。脱出するのだ。積み荷はどうでもいい！　できれば救いだしたいが、どんなに高価な設備も人員三十名の命にはかえられない。かれは振りかえり、マイクロフォンのきらめくリングを引きよせた。船はまだはげしく揺れているが、以前よりはましになっていた。ジャイロが飛行姿勢を安定させているようだ。

「操縦室より全乗員へ」そこまでいって言葉を切る。船載ポジトロニクスから報告があったのだ。

「《バジス》の派遣三部隊からハイパー通信が入りました。こちらに向かっていて、

《スタテンアイランド》を牽引ビームで曳航《えいこう》するとのことです」

フレンチは顔をあげた。言葉は聞こえたが、意味が頭に入ってこない。《スタテンアイランド》がちいさく振動した。惑星表面からの距離は二百五十キロメートルで、さらに大きくなっている。危険ゾーンはすでに脱していた。敵の砲手はもう撃ってきていない。

視線が探知スクリーンに向いた。スタートしてからずっと暗いままだった画面に、いまは映像が表示されている。遠くに見える無数の光点は無限アルマダをしめすものだ。その手前に《バジス》の大きく明るい光点が見える。さらに近く、画面の中央付近にあって高速で接近してくる三つの光点。

コンピュータの言葉の意味がようやく意識に染みこんだ。安堵のあまり、フレンチの両膝がちいさく震えはじめた。

9

「ときどき残念に思うことがある」ペリー・ローダンが真顔でいった。

「いまの社会に叙勲制度がないことが。たとえば、今回のような場合だ。人類はきみにどう報いればいいのか？　きみたちは命を賭《と》して積み荷を守った。たんに高価というだけでなく、かんたんには代替できない設備を」

そういって、ならんだ顔を順番に見わたす。フレンチ・スリンガー、ナドゥ・ナジーブ、ジャニ・ニッコ、ボム・ジェラルドの四人だ。ボムはまだ顔色が悪かった。負傷から完全に回復してはいないのだ。

「個人ファイルに記載されるだけで充分です」ナドゥがちいさな笑みを浮かべて答えた。「転職するとき、なにか特筆すべきことはあるかと訊かれて、この話ができますから」

ローダンは笑い声をあげた。

「転職を考えるようなことにはなってもらいたくないな。きみたちは宇宙ハンザに必要だ」

「だったら、お願いがあります」フレンチが唐突にいった。

問うような視線が集まり、かれはすこしあたふたした。

「その、つまり、人類がわたしに感謝をしめしてくれるというなら、やってみたいことがありまして」

「というと？」ローダンがにこやかにたずねる。

フレンチは表情を引き締めた。

「スペース＝ジェット《ケルベロス》を恒星の光球付近まで派遣する予定だと聞きました。その任務に参加したいのです」

一瞬の沈黙のあと、ローダンが口を開く。

「フレンチ、人員はすでに決定している。全員が専門家で……」

「スペース＝ジェットを操縦するのに専門家は必要ありません」フレンチは相手の言葉をさえぎった。「あらたに《ケルベロス》に付加された装置を理解している専門家がひとり同行してくれれば、熱いオーヴンから恒星ハンマーを蹴りだしてやりますよ」

「わたしも志願します」と、ボム・ジェラルド。「ハイパーエネルギー物理の専門家ですから」

ナドゥも声をあげた。

「専門家ということなら、わたしたち全員、輸送船の任務につく前は搭載艇を指揮していました。ジャニもフレンチもわたしも、スペース＝ジェットなら眠っていても操縦できます」

「やれやれ、なんだこれは？」ローダンが苦笑する。「共謀していたのか？」

「はい」と、ジャニ。「もうひとつ、恒星ハンマーを実際に体験したことがあるのは、いまのところわたしたちだけです。たしかに、たいした経験ではないでしょう。撃たれて命中したらおしまい、というだけですから。ただ、決定的な瞬間には、そのごくわずかな経験の差がものをいうかもしれません」

ローダンはクロノメーターに目を向けた。

「現在、オオワシの渓谷は平静だ」と、自分にいいきかせるように声に出す。「すでに陽は沈んで、夜明けまで攻撃はない。しばらくは安全だ」

かれは立ちあがった。

「時間がほしい。よく考えてみなくては」

＊

「理解できました」と、ボム・ジェラルド。「これで付加装置の機能はだいじょうぶです」

「恒星ハンマーの位置はわかっている」ローダンは話をつづけた。「コロナの内部、光球から二千キロメートル外側に浮遊して、われわれには未知の方法で恒星の大重力を中和している。周囲に莫大なエネルギーを放出し、超能力を排除するバリアを張っていることも調査ずみだ。テレポーターも内部に侵入できない。判明していることは以上ですべてになる。きみたちの任務は恒星ハンマーを無力化することだ。どうすれば可能なのかは、まだだれにもわからない」

「なんとか方法を見つけますよ」フレンチが自信たっぷりに答える。

「《ケルベロス》のあとから一巡洋艦も派遣する」と、ローダン。「通常装備の艦だから、コロナ内部に二千キロメートルほどしか進出できない。この艦にはグッキーとラス・ツバイが乗っている。必要が生じた場合、きみたちを救助する予定だ。恒星の灼熱地獄のなかで通信は不可能だが、グッキーがつねにきみたちの思考を追跡している。どれだけ役にたつかは不明だが……できるのはこれが精いっぱいだ」

ローダンはジャニ、ナドゥ、ボム、フレンチと握手した。ちいさな搭載艇格納庫のなかにはジェン・サリク、タウレク、ウェイロン・ジャヴィアの姿もある。かれらの表情から内心はうかがえないが、この任務の重要性はだれもが理解していた。

最初にフレンチが乗りこんだ。操縦はかれが担当する。その隣りはハイパーエネルギー専門家であるボムが占める。ナドゥは機長、ジャニは二門のトランスフォーム砲を操作する。全員がミツェルの用意したセラン防護服を着用していた。ふたつのマイクロプロセッサーがチェックリストを交互に参照し、チェックしていく。最後に操縦席のハーネスがフレンチのからだを固定し、スペース＝ジェットのスタート準備がととのった。ヘルメットのスピーカーからボム・ジェラルドの皮肉っぽい声が聞こえる。

「地獄の番犬《ケルベロス》で太陽神ヘリオスに向かうんだな。これが神話の混乱になるのかどうかは知らないが……」

警報が鳴り、ほとんどわからない程度の振動とともに、スペース＝ジェットが繋留装置をはなれて浮遊した。格納庫の照明が落ち、《ケルベロス》正面の、鈍い黄色の光に照らされたハッチが開く。徐々に光度を落としていくのは、乗員の目を宇宙の闇に慣れさせるための、原始的だが効率的なやり方だった。

エアロック内の照明がオレンジから赤に変わる。外側ハッチが開き、同時に照明が消えた。遠い星々が見えるようになる。右方向には野球のボールほどの球体……星系の主星だ。ヘルメットの可動式フィルターで、光は目を痛めない程度に弱まっている。

スペース＝ジェットの動きは感じられない。フレンチは後方に目を向けた。《バジス》の巨体に無数の照明されたハッチがならんでいる。すでに二十キロメートルははなれているだろう。喉もとが苦しくなる。〝さよなら〟と告げなくてはいけない気がした。

＊

「コンピュータで光球付近からの映像をシミュレートしてみた」ボム・ジェラルドがいった。「直接観察できないのは明らかだから。われわれが見ているのは搭載ポジトロニクスが再構成した映像だ。恒星表面にはほとんどコントラストがない。だから物質の密度と温度で色分けしている。深部の温度はポジトロニクスにも人間の目にも表層部より暗く見えるから、変更する必要はない。密度の変化を視覚的に表示する方法はいろいろあるが、コンピュータは黄色から赤までの連続的な色の変化であらわしている。明るい黄色の部分が高密度で、暗い赤の部分が低密度だ」

「最初に見えるのは黒点じゃないの？」と、ナドゥ。

ボムは首を強く左右に振った。

「遠くからならともかく、近くからは見えない。黒点は磁気嵐やはげしい乱流など、一連の不愉快な現象が重なって生じるんだ。電磁気的な現象に対しては充分な防護があるものの、渦流のなかでは白熱したガスが秒速数十キロメートルで噴きだしてくる。これは好ましくない。われわれ、光球表面を粒子化して観測することになる。数百度差で温度が高い部分と低い部分が入れ替わるんだ。最終的には……希望的観測だが……いちばん温度が低い、つまり暗い物体が顔を出すはず。つまり、恒星ハンマーが」

「どうしていちばん暗いといえるの？」ジャニがたずねる。

「恒星ハンマーがなんであるにせよ、五千五百度の環境下で作動するとは思えない」ボムは嬉々として答えた。「すくなくとも内部の温度は数千度低いだろう。つまり恒星ハンマーは温度的に低位で、熱エネルギーがなんらかのかたちで変換されている。周囲よりも温度が低く、黒点よりも低いはず。つまりそこは表面に近くて暗い部分ということになる」

フレンチは薄黄色の野球のボールを見つめた。《ケルベロス》は最大価で加速する。ボールはみるみる大きくなった。フィルターごしに見る縁の部分からコロナが揺らめいている。

「《ケルベロス》、こちら巡洋艦《ギンガル》」ラス・ツバイの声がフレンチをはっとさせた。「ぴったりあとについている」

フレンチは探知画面上の光点を見つめ、自信を深めた。

＊

星々が消え、背景がくすんだ黄色一色になった。そこに赤から暗赤色の縞《しま》がうごめいている。《ケルベロス》は秒速数百キロメートルの速度でコロナの外縁部を飛行していた。防御バリアはイオン化した原子核を脇にはねのけ、スペース＝ジェット後方に航跡のような暗いシュプールをのこした。

《ギンガル》との通信は障害が大きくなってとぎれた。巡洋艦は大きく速度を落としたがらも、まだ《ケルベロス》を追ってきている。進めるのはせいぜいあと一、二千キロメートルだろう。従来型の防御バリアの性能ではそれが限界なのだ。ナドゥは両ミュータントに別れを告げた。

「ここから先はわたしたちの思考を追跡してください」

そんな短い通信さえ、ちゃんととどいたかどうかわからない。ボム・ジェラルドはもう呼びかけにも応じなくなった。トランス状態に入ったかのように、目の前の装置の表示をじっと見つめている。ときどきひとり言が聞こえた……〝異状なし〟〝まだ行ける〟〝へえ、こいつ、ちゃんと動いてる!〟のような。それ以外、ヘルメット・ネットワークはしずかなままだ。背景の黄色が濃くなってきた。オレンジ色や赤みがかった影も見えてくる。コロナの奥に進むほど、赤い縞も増えてきていた。

防護装置が自動的に作動する。人間には対応できないほど、急激に状況が変化する可能性があるのだ。とはいえ自動装置も、恒星の光球近くの状態に関する人間の知識にもとづいて設定されている。その知識が充分とはかぎらない。とりわけ、よく知らない恒星の場合は。ボムは自分の責任を自覚していた。事前にプログラミングした設定が間違っていたと判明したら、ただちに介入しなくてはならない。

HÜバリアが自動展開し、背景がかすかに揺らぎはじめる。《ケルベロス》は彩層に接近していた。光球とコロナのあいだにある薄い層だ。

黄色い表面にあばたが見えはじめた。恒星の粒子化だ。フレンチは自動操縦装置の機動を観察した。スペース＝ジェットは回避コースをとっている。一瞬後、画面のすみに大きな黒い部分があらわれ、すぐに見えなくなった。《ケルベロス》が黒点を回避したようだ。

一装置がシミュレーションで算出された目標ポイント、恒星ハンマーのポジションを表示した。ハンマーのマークが座標原点に近づいてくる。距離三十万キロメートル。フレンチは大急ぎでのこり時間を計算した。ほんの数分……それでアルマダ工兵の悪魔の兵器を無力化できるかどうかがわかるはず。

乾いた唇をなめる。感じているのは不安ではなく、無力感だった。今後の半時間以内に起きることに対し、自分が、人類が、どんな影響をあたえられるのか？　すべては自動的に処理される。人間の役割は自動装置がミスをおかしたときの修正だった。自分はマシンの一部品にすぎない！　運命は《ケルベロス》のマイクロコンピュータ二百個に入力したプログラミングが妥当だったかどうかにかかっている。自分ではなにもできない。ちいさなポジトロニクスに操られる人形のようなものだ。自嘲的な気分になる。無力感に圧倒されそうだった。

医療コンピュータがかれの心理状態に気づき、循環する新鮮な空気中に弱い多幸剤を混入した。薬物学者が〝アッパー〟と呼ぶ、精神賦活剤の一種だ。

低い警報音が鳴りわたり、最外部にもっとも強力なバリアが展開された。数年前から研究されていた新型バリアで、今回の任務にあたり、はじめて実戦配備された。目には見えないので、大型スクリーンの映像は変化しない。

「彩層に突入する」ボム・ジェラルドの声がいった。「光球までわずか数キロメートルだ」

コロナの赤い縞が消えた。《ケルベロス》は高熱の、イオン化したガスのなかを進んでいる。気圧は〇・九気圧、バリアの外の温度は五千六百度に達した。背景は全面が明るい黄色になり、そこにときおり粒子化したグレイの斑点や、密度の薄い部分のオレンジ色から赤を呈《てい》する部分があらわれる。噴出する熱いガス流のなかを突っ切ると、スペース＝ジェットが振動した。フレンチはボタンを押してハーネスをきつく締めなおした。

顔をあげると、まず目に入ったのは画面右下すみの漆黒の影だった。そこそこの速度で着実に、形状を変化させることなく移動している。輪郭は不恰好なダンベルのようだ。両端が先の尖った円錐形になっている。

突然、フレンチは悟った。自分はたったひとつの期待にすがって生きてきたのだ。アルマダ工兵の邪悪な武器を発見できずに終わるという期待に。恒星内部に突入したら、自分たちは燃えつきるか、跡形もなく消滅してしまうだろう、と。だが、そんな願いはむなしかった。安易な逃げ道などない。現実を直視しろ。

「恒星ハンマーだ！」かれはうめいた。

10

「距離一万二千」搭載ポジトロニクスがいった。「発射」

ジャニ・ニッコは二門のトランスフォーム砲を発射した。画面上にまばゆいふたつの斑点が生じ、数秒で消滅する。

「射程が短すぎる」と、ボム・ジェラルド。

「無理いわないで!」ジャニがいいかえした。「距離は照準コンピュータが決めているんだから」

《ケルベロス》は減速し、微速で前進していた。奇妙なダンベルは画面中央に、こぶしふたつぶんくらいの大きさで見えている。周囲はすべて彩層深部の輝く地獄だった。

「もう一度やりましょう」ナドゥ・ナジーブが決断する。

「距離一万一千五百」と、ポジトロニクス。「発射」

「くそ」ボムが悪態をついた。「爆発は標的からかなりはなれている。トランスフォーム砲でも貫通できないバリアにつつまれているようだ」

「連続砲撃！」ナドゥが指示した。

低い反響音がスペース＝ジェットの機体を震わせた。砲撃の振動がさらに連続する。その破壊力は中規模の惑星を数分で放射性ガスの雲に変えてしまうほどだった。だが、恒星表面というこの自転する地獄ではいくつか白い斑点が生じるだけで、それもすぐに消えてしまう。アルマダ工兵の邪悪な武器はなんの痛痒《つうよう》も感じていないようだ。

それとも、違うのか？

乾いた破断音がトランスフォーム砲の砲撃音を破って響いた。特徴的な黒い斑点が画面上にあらわれる。《ケルベロス》が振動し、フレンチ・スリンガーは反射的にシートの肘かけをつかんだ。ボムのうめくような声が聞こえた。

「敵の火力を見くびりすぎていた。外部バリアの出力を倍にしろ！」

「連続砲撃を継続！」と、ナドゥが叫ぶ。

フレンチは彼女が正しいと感じた。それまで恒星ハンマーは反撃の必要を感じていなかった。だが、トランスフォーム砲の連射でその必要が生じたのだ。だから反撃に出た。恒星ハンマーは異テクノロジーの活動が認められた惑星表面の事象にだけ反応するようプログラミングされている。とはいえ、それ自体が貴重な装置であり、たとえアルマダ工兵が恒星の光球のすぐ上にかくした武器が発見されるとは思っていなかったとしても、念のため自衛手段を用意しているのは当然だった。

二発めの命中弾がスペース＝ジェットを震わせた。緩衝装置が悲鳴をあげる。スクリーン上に次々と被害報告が表示された。関連するスクリーン群が不気味な黄緑色に輝いている。

敵にも攻撃の効果があらわれていた。青白い光がダンベル形の恒星ハンマーをつつみこんでいる。エネルギー・シールドが間断ないトランスフォーム砲の攻撃を受けて過負荷になり、目に見えるようになったのだ。それはハイパー領域の全スペクトルでエネルギーを放射していた。

のこる疑問はひとつだけだ、と、フレンチは思った。先に崩壊するのは……向こうか、こっちか？

すさまじい衝撃がきて、シートに押しつけられる。金属が引き裂かれる悲鳴のような音が司令室を満たした。空気が噴出する、笛に似た甲高い音も聞こえる。顔をあげると、ドーム形の天井に大きな亀裂が入っていた。空気中の水分が極寒の宇宙に熱を奪われた金属に触れ、霜になっている。

「空気漏れです！　機内の空気が逃げています！」と、ポジトロニクスが報告。

敵の攻撃が次々に命中する。防御バリアが揺らいだ。バリア・ジェネレーターが攻撃エネルギーを中和しようと咆哮する……すでにスペック上の限界をこえているのだ。一方、恒星ハンマーをつつむ光も明滅し、揺らいでいた。距離はもうほんの数キロメートルだ。

まだ負けたわけではない。フレンチは歯を食いしばった。

はげしい破断音……同時に司令室の天井が消滅した。フレンチは彩層の輝きを目にした。偏光フィルターがヘルメット前面をおおう。セラン防護服は自動的にバリアを展開した……人間の脳には追いつけない速度だ。

恒星ハンマーをつつむ光が膨張し、輪郭がぼやけた。エネルギー・シールドが崩壊！

ジャニが大声をあげた。

「トランスフォーム砲が故障したわ！」フレンチのヘルメット内に彼女の声が響く。

「突っこめ！」ボム・ジェラルドが叫んだ。「敵に激突するんだ！」

五基のエンジンのうち三基は損傷していたが、自動操縦装置はボムの命令に反応した。反重力装置は作動していない。《ケルベロス》が動きだし、フレンチは衝撃を感じた。恒星ハンマーの姿が大きくなり、画面の半分を占めるまでに……

閃光！　フレンチは脇に投げだされた。気がつくと、煙をあげる残骸のなかに転がっている。司令室の三分の一が消滅し、そのなかにはさっきまでボムがすわっていたコンソールもふくまれていた。フレンチは壁に押しつけられた。反重力装置がとうとう停止したようだ。すさまじい加速の圧力に抗して立ちあがる。最後の着弾でできた大穴から、巨大なダンベル形の構造物が見えた。それがみるみる接近してくる。

「衝突するぞ！」フレンチは叫んだ。

目の前にいきなりなにかが出現した……セラン防護服を着用した小柄な影だ。わけがわからずヘルメットのなかを見ると、そこには人間ではない顔があった。むきだされた一本牙《きば》がきらめいている。片手をつかまれるのを感じ、次の瞬間、破壊された司令室は消えていた。

再実体化したのは明るいキャビンのなかだった。ネズミ＝ビーバーのグッキーが隣りに立っている。空気が揺らぎ、三つの人影が出現した。ラス・ツバイ、ナドゥ、ジャニだ。理性が状況に追いつけない。フレンチにはなにが起きているのかわからなかった。

そのとき、ロボット音声が聞こえた。

「恒星ハンマーはスペース＝ジェットとの衝突で破壊されました。損害は人員一名とスペース＝ジェット《ケルベロス》です」

＊

目ざめたペリー・ローダンは体力と気力をすっかり回復していた。音声命令で照明を点灯する。最初に見たのはクロノメーターだった。八時間も眠っていた！　罪悪感が湧きあがったが、三日間ほとんど眠っていなかったのだと考えて、それをおさえこむ。

かれは横になったまま天井を見つめた。ここ数日間の出来ごとが脳裏をよぎる。恒星ハンマーは破壊できた。これでバジス＝1の拠点建設を脅かすものはもうない。バジス＝1は理想的なかくれ場になるだろう。アルマダ工兵はテラナーが避難所として使いそうな全星系の主星に恒星ハンマーを設置した。最後に《バジス》をとらえた座標を中心に罠をしかけ、逃げられないようにしたのだ。次に《バジス》を探しはじめたとき、恒星ハンマーをしかけた星系は調査対象にならないだろう。

勝利の代償は大きかった。多くの人命が失われ、ボム・ジェラルドもそのひとりとなった。最後の命中弾で落命したのだ。スペース＝ジェット《ケルベロス》もすでに存在しない。敵のバリアが崩壊したあと衝突コースに乗って突入し、恒星ハンマーを破壊したから。《ギンガル》の観測装置が、まるでその場に居合わせたかのように正確に、状況をすべて記録していた……実際には《ギンガル》はコロナの境界近く、《ケルベロス》は光球にいたのだが。

いまはどうなっているか？

ローダンは内心の声に耳をかたむけるべきことに気づいた。この数日、かれは頻繁に不快感や苦痛や不安を感じていた……体調に悪影響をおよぼす症状はすべて細胞活性装置が中和してくれるので、長らく感じたことがなかったものだ。ずっと睡眠不足のせいだと思っていたが、かれは不意に疑念をおぼえた。シンクロニトが機能しはじめたのではないか？　アルマダ工兵ヴァークツォンが、ブードゥー人形に針を刺したのでは？

ローダンは《バジス》の首席医師であるハース・テン・ヴァルに助言をもとめた。ハースはさまざまな診断方法を駆使したが、患者が訴える不快感の原因を探り当てることはできなかった。診断結果を見るかぎり、ローダンは完全に健康なのだ。

ドッペルゲンガーを疑う理由はもうひとつあった。ヴァークツォンがシンクロニトをいたぶると、その苦しみを感じるのはローダンなのだ。これもまた、次の計画に集中すべき理由になった。バジス＝1は平安をとりもどし、基地建設も計画どおり進んでいる。現下の目標はアルマダ工兵、とりわけヴァークツォンの発見と、シンクロニトの無力化だった。ここ数日の混乱のなかで、だれかがローダンを疑ったり、ほんもののペリー・ローダンなのか操り人形のゾンビなのかわからないと思ったりすることは、ほとんどなくなっていた。だが、安寧がもどったいま、そういうことがまた起きてくるだろう。

ヴァークツォンを発見しなくてはならない！

ローダンが全体として意識したのは、この一週間が悪いことばかりだったわけではないという思いだった。賢明でない者は人生のよろこびを見いだすことに時間を使わず、そのせいで人生の苦難に打ちひしがれてしまう。ローダンにはこの種の賢明さがそなわっていた。じっくり観察すれば、賢明さとは経験のたまものだとわかるはず。二千七十七年の人生を十全に生きてきたローダンが賢明にならないはずはなかった。

かれはみずからの安寧を見いだした。逃れようのない、魔法じみた魅力を持つ女、ゲシールといっしょになったのだ。トーラと同じく、彼女もまたひとつ名の持ち主だった。はじめて会ったときのことを思いだす。ゲシールの魔術的な能力と奇妙な魅力のせいで、アトランと恋敵になったもの。ローダンは最初から彼女に惹かれていたが、正式な関係を結ぶのを恐れていた。この魅力的な女性に名状しがたい脅威と危険を感じていたから。

だが、理由はわからないものの、そんな状況が変化した。ゲシールの目の奥の黒い炎が消え、彼女を行動に駆りたてていた内心の不安もしずまった。魔術的な能力はなくなり、この表現からどんな人物像を想像するかはともかく、〝ふつうの女〟になったのだ……この急な変化の原因はローダンにも説明できない。かれは何日ものあいだゲシールを観察し、変化が一時的なものか、永続的なものかを見きわめようとした。もうもとにはもどらないと得心すると、ローダンは以前から心のなかにあった願望を自覚した。

ゲシールの出自など、謎はまだのこっていたが、気にはならなかった。力ずくで説明をもとめても意味はない。人間の理解力を超えることだから。ゲシールの意識下のどこかに記憶が封じられていて、いつかそれが解放され、謎が明らかになるのかもしれない。そうでなかったとしても……かれがなにを失うというのか？　愛はそれ自体が力であり、疑問などよせつけない。

ローダンはゆっくりと入浴し、手早く朝食をすませて、交替時刻に司令室に顔を出した。司令コンソールの前にはウェイロン・ジャヴィアがすわり、前の当直がコンピュータに入力した日誌を読んでいた。

「銀河系船団に目新しいことはありません」ジャヴィアがローダンに気づき、報告する。「調査船はすべて帰還しました。バジス＝1では建設作業が進行中です。死傷者も出ましたが、不幸中のさいわいで、その数は限定的です。資材の損失は……」

かなりの損害が出たことを身振りでしめす。ローダンの背後からタウレクが近づいてきた。無数の小片を綴りあわせた衣服がちいさく音をたてるのでそれがわかった。

「おめでとう、テラナー」そういって笑みを浮かべる。「二十時間前には、状況は絶望的だと思っていた。《バジス》は逃走し……惑星にとりのこされた人員と資材は、すぐにきらめくガスの雲になってしまうだろうと。危機的状況において運をつかむきみの才能は、まさに驚きだな」

ローダンはにやりとした。

「あなたのいつもの皮肉めいた賞讃のほうが、もっと驚きだ。古いテラナーのいいまわしを教えよう。〝運も才能のうち〟というんだ」

＊

ボム・ジェラルドの思い出はかれらの胸の内から消えなかった。それでも日々の生活は徐々にもどってきて、フレンチはいまだにジャニとナドゥのどちらかを選ぶことができずにいた。

「話したいことがあるの」ジャニがしばらく黙りこんだあとでいった。

「へえ、なんだか悪い予感がするな」と、フレンチ。

「好奇心はあなたのいちばん目立つ特徴でしょ」と、ナドゥ。「あなたからいいだすのを期待してたんだけど……」

「なにを？　なんの話だ？」フレンチは急いで相手の言葉をさえぎった。

「ジャニが一日じゅうソラリウムに引っこんで考えごとをしてたこと、おぼえてる？」

「もちろん。さんざん探しまわったからな」

「そのときわたしも姿を見せなかったでしょ……同じ目的で」

「目的までは知らないよ」

「じゃ……ジャニとわたしがなにを考えていたと思う？」ナドゥがたずねる。

「知るわけないだろう」

「あなたは驚くかもしれないわね、おちびさん」ジャニは微笑した。「わたしたちふたりとも、あなたをとても魅力的だと感じてるの。あなたを共有するわけにはいかないから、この問題を公平に解決するため、あなたに関する利害得失を比較検討したわ。その集計結果が出たわけ」

「でも……それは……つまり……」フレンチは言葉に詰まった。

「ナドゥのほうが成績がよかった」と、ジャニ。「あなたはナドゥのものになって、わたしはなにもなし。でも、これからもあなたが友でいてくれるとうれしいわ」そういって、目をしばたたく。

フレンチは立ちあがった。

「わたしを賭けの対象にしたのか！」と、叫ぶ。

「賭けだろうとくじ引きだろうと、同じことでしょ？」ナドゥが皮肉っぽくいう。「興奮しないで、すわって、おちびさん。あなたの視線にはふたりとも気づいてたわ。どちらかに決めかねていることにもね。あなたが決めるのを待ってたら、お婆ちゃんになっちゃうでしょ。だからこちらが主導権を握ることにしたの。二日間の休暇があるわ。いちばんいい服を着て、五時間後に役所に出頭しなさい、スリンガー。契約を結ぶわ。あなたは署名するだけでいい」

「だけど……それは……」フレンチはいいよどんだ。

やがてその顔が輝きだす。やったんだ！　かれは勝ち誇った気分になった。自分ではなにもせずに！

＊

ローダンは画面上に表示されたハイパー通信のテキストをくりかえし眺めた。

〝《バジス》へ……こちら《サンバル》。目的地に到着。シュプールは明瞭〟

ローダンは安堵の息をついた。ヴァークツォンよ、気をつけろ。そんな思いが脳裏をよぎった。

アルマダ工兵侵攻

クルト・マール

登場人物

ロワ・ダントン……………………………ローダンの息子。軽巡《サンバル》艦長
ブラド・ゴードン（フラッシュ）…………《サンバル》乗員
ナオミ・ファース……………………………同乗員。技術者
フェダー・ナプサス…………………………同乗員。情報理論専門家
シドリ…………………………………………ナンディル。鉱石探索者
ヴリッシ………………………………………同。星読み
ワルケウン……………………………………アルマダ工兵
ドライドオグ…………………………………アルマダ作業工。ワルケウンの部下

1

かれらは赤い葉をつけた棘《とげ》だらけの灌木《かんぼく》の藪に身をひそめ、薄黄色の空を無意識に見つめていた。あれほど巨大な物体が惑星の地表に着陸しようとしているという事実を認めることを、人間の理性が拒否している。

物体が地上に接近するほど、現実がそれまでの推測を大きく上まわっていることが明らかになった。怪物じみた物体は大都市ひとつぶんもの大きさで、全周が百キロメートルくらいある！　騒々しい雷鳴のような音をたて、そのたびに地面が震えた。不規則な形状の巨大な中心部と、そこから伸びる長い触手状のアームでできている。触手の先端は皿状の緩衝装置になっていた……着陸脚だ、と、ロワ・ダントンは思った。だが、あれほどの巨体の重量が支えられるのか……いくら惑星ナンドが低重力惑星だといっても。

騒音が大きくなる。ロワの横ではブラド・ゴードンが不快そうなうめき声をあげ、両手を耳に押し当てていた。押しのけられた空気が突風となって渓谷に吹き荒れる。渓谷は南に向かってひろがり、その先は惑星表面の半分以上をおおう赤錆《あかさび》色の砂漠だ。ロワはナオミ・ファースに目をやった。彼女は地面にうずくまり、居心地が悪いことを訴えるように、苦しげな笑みをかれに向けた。

ロワ・ダントンは巨体の着陸を魅せられたように眺めていた。土埃《つちぼこり》が舞いあがり、風がそれを吹きはらう。皿状先端が砂漠に接地した。ぴんと伸びていた脚が無数の関節によって下向きに角度を変える。そのため、醜いタコという印象がさらに強くなった。異飛行物体の全体像はもう見わたせない。不規則な形状の中心部は、高さがすくなくとも一キロメートルはあるだろう。その表面は無限アルマダの汎用エンジンであるグーン・ブロックにおおわれていた。触手の表面にもグーン・ブロックが見える。ロワはその巨体を動かすのに必要な推力を推測して、かすかな目眩《めまい》をおぼえた。

着陸直後に自重で崩壊するのではないかという期待は裏切られた。騒音はややしずまったものの、完全には消えない。一部のグーン・ブロックが動きつづけているのだ。エネルギー・フィールドを生成して巨体を安定させているらしい。ロワの推測では、触手を下向きにのばした巨大飛行物体が占める面積は二百平方キロメートルにもおよぶだろう。中心は渓谷の出口から南に二十キロメートルあたり、北に伸びた脚の先端は渓谷のなかに二、三キロメートル侵入している。ロワは谷底をのぞきこんだ。原住種族であるナンディルの原始的な小屋がずらりとならんでいる。動くものは見えなかった。この瞬間、かれらはどんな気分でいるだろう。

ブラドが耳から手をはなした。見たところ、憤慨している……そう、この表現が適切だろう。町で最高のレストランで冷めたスープを出されたような顔だ。ブラドは……本人も自覚しているが……男の理想型だった。高い身長、ひろい肩幅、引き締まった尻、短く刈りこんだブロンドの髪、わずかにグリーンがかったグレイの目。子供のころから、かれのあだ名は〝フラッシュ〟だった……二十世紀の空想上のヒーロー、フラッシュ・ゴードンにちなんで。ロワはひそかに、そのあだ名はかれが自分でひろめたのではないかと疑っていた。ブラド・〝フラッシュ〟・ゴードンは知性が高く有能だが、ややうぬぼれたところがある。

「あれはなんだ?」ブラドは片手で砂漠をさししめし、無愛想にたずねた。まるでそんなものが目の前に出現したのは不当だといいたげに。

「ロボット採鉱施設ね」ナオミが答える。

彼女は立ちあがり、コンビネーションの土埃をはらい落とした。ナオミ・ファースは小柄な女性で、身長はフラッシュの肩にもとどかない。つねにひかえめで、真剣な、だがかわいらしい表情をたもっている。彼女はほんものの〝碩学《せきがく》〟、複数分野の第一人者だった。態度はいささか保守的に思えるが、それは見せかけだ。ロワは以前、《バジス》の科学者居住区の陽気な誕生日パーティに参加したことがある。そのときナオミは浮かれ騒ぎのなかで、いつもはきつく結んでいる髪をほどき、靴をキャビンのすみに蹴りのけて、テーブルの上でカンカンを踊った。男たちは三週間が過ぎても夢中でそのことを話していたもの。

「どうしてわかる？」と、フラッシュ。

「基本的なことよ、すてきなゴードン」ナオミがややつんとした口調で答える。「〝白いカラス〟によれば、アルマダ工兵はここで原材料を調達してる。原材料を集めるために磨きあげた技術を使っていると容易に想像できるわ」彼女は指をのばして巨大構造物の輪郭をなぞった。「スパイス工場とはいわないけど、移動採鉱施設ね」

「スパイス工場？」フラッシュは理解できずにくりかえした。

「恒星カノープスの第三惑星、アラキスよ」ナオミが夢見るようにいう。

「ばかな！　カノープスは惑星を持たない」

「現実じゃなくて、文学の話。旧暦二十世紀のね。知ってる？　それとも、あなたがくわしいのはコミックスだけ？」

ブラドは黙りこんだ。この数カ月の経験で、ナオミとの議論は早々に打ち切ったほうがいいとわかっている。

「ナオミのいうとおりだろうな」ロワがいった。「あの代物が稼働を開始したら……いったい、この世界はどうなると思う？　ナンド全土をほんの数日で掘りつくしてしまいそうだ！」

そのとき奇妙な音が聞こえた。振りかえると、危険が目の前に迫っていた。

＊

鉱石探索者シドリは丘の頂きにすわって異人たちを観察していた。〝異人〟と呼んだのは、かれらが……グロテスクな外観ではあるものの……明らかに生命体だったからだ。赤藪谷の近くで最近よく見かける金属体ではない。

シドリは谷の北端の崖で異人たちの足跡を見つけ、ここまで追ってきた。好奇心に駆られたのだ。あんな異人を見た者はいままでいなかった。世界の果てからやってきたにちがいない。かれらがなにを探しているのか知りたかった。不安はない。身をかくし、異人が仲間同士でどんな態度をとるか、ひそかに観察するつもりだった。いずれは意を決して、姿を見せなくてはならないだろうが。

わずかなあいだ、気が散った。巨大なものが空から降下してきて衝撃を受けたのだ。だが、シドリの心は反応しなかった。あまりにも巨大すぎて精神が対応できず、思考を拒否したから。理解できないもののことを考えるのは無意味だ。

ここ数日、奇妙なことがつづいていた。空に新しい星が出現し……それはほかの星々よりも動きが速く、軌道もおかしかった。星読みのヴリッシは予兆だといったが、吉凶の判断はつけなかった。ああ、ヴリッシは慎重だ！　予言をはずした星読みがどれほどかんたんに声望を失うか、よくわかっている。

そのあと、金属体が降ってきた……上下が尖った樽形の物体だ。大きさはさまざまで、翼もないのに宙に浮き、長くしなやかな腕で大地をかきまわす。ベリー農家のリルディの畑がめちゃくちゃにされ、ベリーはほぼ全滅した。以来、金属体は赤藪谷の民にとり、警戒すべき対象となった。

実際、たしかに異常事態が進行している。偉大なる宇宙の母はその意味を知っているだろうが、明らかにしてはくれない。ヴリッシのような卓越した星読みでも、偉大なる宇宙の母の内心を読みとることはできなかった。

シドリは異人たちに注意をもどした。どうやら、まにあったようだ。横の稜線《りょうせん》の向こうから金属体があらわれた。上下が尖った樽形の胴体から長い触手を伸ばし、ゆっくりと打ち振るように動かしている。シドリは藪の奥に後退し、体表の色を変えて周囲に溶けこんだ。有柄眼を伸ばして樽を見つめる。異人たちは長いこと同じ場所にとどまっていた。金属体は赤い藪の斜面にうずくまっていたかれらに気づき、動きだした。丘の側面にそって滑空していく。シドリはあらためて、その飛行音のしずかさに驚いた。なにをする気なのかはすぐにわかった。かなりの速度で砂がちの斜面をくだり、赤い藪のはずれをめざしている。そのまま藪にかくれて異人に近づき、奇襲するつもりだろう。

シドリは本能的に異人を助けようと思った。かれらは生命体だし、赤藪谷の民になんの危害もくわえていない。それに対して金属体は生きておらず、リルディの畑をめちゃくちゃにした。どちらに味方すべきかは明らかだ。

時間がない。樽はすでに動きだしている。だが、藪のなかに入ったら速度を落とすだろう。さもないと枝の折れる音で気づかれてしまうから。シドリは斜面の下をのぞきこんだ。ふたつの岩のあいだに砂が溜まって、危険な張り出しになっている場所がある。かれはすばやくその谷側に近づいた。ほかの者なら恐怖にすくんでしまうだろうが、かれは鉱石探索者だ。砂の性質はだれよりもよく知っている。

張り出しの方角をたしかめ、丘の斜面を見おろし、穴を掘りはじめた。一対の前腕の動きはあまりにすばやく、ほとんど目に見えないほどだ。四本の後肢は地面にしっかりと食いこんでからだを支えた。張りだした岩の下を横切るななめの坑が完成した。掘りかえした砂を頭から浴びたが、気にはならない。目は透明な角質におおわれていて、力いっぱい投げた石が当たってもびくともしないから。

器用に掘り進んで、やがて片方の岩の下に到達。岩の上には砂が堆積していた。そこからこんどは真下に向かって縦坑を掘りはじめる。危険は徐々に大きくなり、シドリは何度も停止して耳を澄ました。ついにかすかなきしみ音が聞こえ、引きかえすべき潮時だと判断する。

縦坑を登って横坑に這いあがり、地表にもどったとたん、背後から轟音《ごうおん》が響いた。有柄眼をうしろに向け、張りだした岩が砂の重みでかたむいたのを見て、シドリは満足をおぼえた。

＊

「あぶない……よけろ！」ロワが叫んだ。

アルマダ作業工の円錐形のきらめく先端が藪のはずれから接近してくるのが見えたのだ。ただ、かれにそれを気づかせた物音の発生源はべつにあった。斜面の上に堆積していた砂が、轟音とともに斜面をなだれ落ちてきたのだ。ロワはそのコースを見て、直接の危険はないと判断した。一方、落下する土砂《どしゃ》の真正面にいるアルマダ作業工にとっては事情が異なる。

ロボットが逃げられる方向はひとつ、上だけだ。飛びあがりながら武器アームの一本を鋭く振った。だが、テラナー三人の頭上でむなしく空を切る。ロワはその動きを待っていた。アルマダ作業工の注意はテラナーと土砂崩れの両方に向いている。ロワは慎重に狙いをつけた。作業工にバリアを張る余裕はなく、命中したビームが胴体の中央にこぶし大の穴をうがった。方向感覚を失ってよろめいたところを……土砂崩れが直撃。作業工はすさまじい音をたてて藪のはずれを押し流されていった。突風がもがくロボットをとらえ、ななめに吹き飛ばす。アルマダ作業工はたちまちばらばらに引き裂かれ、土砂のなかに姿を消した。

ロワは立ちあがった。おそるおそる谷の下を見やる。不安は的中しなかった。まだ立ちこめている土埃を通して見るかぎり、土砂崩れは原住種族ナンディルの集落からすくなくとも半キロメートルははなれている。谷の東斜面にひろがる貴重な植生も大部分はぶじのようだ。奇妙だった。まるで、アルマダ作業工だけを破壊し、ほかにはできるだけ被害がおよばないよう意図したかのようだ。

笛のような甲高《かんだか》い音がして、ロワは耳をそばだてた。斜面の上のほうの土埃がおさまって、空を背景にした丘の上にはっきりと、細身で八肢の一ナンディルの姿が見えた。二対の後肢で上体を起こし、四本の前肢を振っている。まるでテラナーに合図しているかのようだ。

ロワは手を振りかえし、こういった。

「原住種族と接触するチャンスだ。ゆっくりついてこい。急な動きはするな。相手を驚かせたくない」

一行は苦労して斜面を登っていった。全身から汗が噴きだす。グラヴォ・パックは背負っているが、かれらがいきなり宙に浮かんだら、ナンディルはどんな反応をしめすだろう？　ロワはわずかなリスクも避けたかった。任務を成功させるには、原住知性体との友好関係の構築がきわめて、あるいは決定的に重要だと思えたから。

　ロワは何度も顔をあげた。ナンディルは消えていた。どこか近くにかくれて見ているのだろう。まだほかにもアルマダ作業工がいて、標的にされたくないのかもしれない。だが、丘の頂上に着くと、異生命体のシュプールは見当たらなかった。いや……かすかにそれとわかる程度の足跡が砂の上にのこっている。それも二十メートルほど先で丘の東側の岩がちな緩斜面にかかって消えてしまった。いくら目を凝《こ》らしてみても……ナンディルの姿はどこにもなかった。

「妙ですね」と、ブラド。「手を振っておいて、どうして姿を消したんでしょう？」

「異生命体の頭のなかのことはよくわからない」と、ロワ。「手を振ったのは合図ではなく、脅しだったのかもしれない」

「そうは思えません」ナオミが反論した。「土砂崩れを起こしたのは、たぶんあの異生命体ですよ。アルマダ作業工が忍びよってきているのに気づいて、わたしたちに手を貸してくれたんです」

「なかなか大胆な仮説だな」ブラドがからかうようにいう。「知性を持ったクモが土砂崩れを起こしたって？」

「ここに立って、合図をしてきたでしょ？」ナオミが自説を擁護する。「土砂崩れもここ、この岩のところではじまった。岩の下がななめに崩れてるのがわかる？　ナンディルはそこを掘り崩して、岩がかたむくようにしたんだわ。岩の上にはたぶん大量の砂が堆積していたはず」

ブラドはすこし斜面をくだり、ナオミのいうとおりであることをたしかめると、首をひねりながらもどってきた。

「友であり協力者でもあるが、顔は合わせたくないのか」

ロワは手振りで全員をうながした。

「フェダーに連絡しておけ。引きかえすぞ」

＊

軽巡洋艦《サンバル》が百五十名の乗員とともに《バジス》をスタートしてから一週間以上が過ぎた。目的地はアルマダ工兵が原材料を調達すると思われる星系である。この情報と星系の座標は、ペリー・ローダンがアルマダ炎を手に入れるため交渉しようとした白いカラスから得たものだった。ただ、ローダンが〝まだら〟にだまされて細胞組織をアルマダ工兵ヴァークツォンにわたしてしまったため、相手はもうこの交渉に興味を失っている。

「すぐにシンクロニトがつくられ、あなたは死んだも同然となる」と、白いカラスはいったもの。「あなたの仲間が身を守るためには、あなたを殺すか、どこかに捨てて自分たちだけで出発するしか方法がない。あなたが仲間のところにとどまれば、アルマダ工兵の操り人形がそこにいるのと同じことになるのだ」

シンクロニト……それはヴァークツォンが細胞組織を使って培養している、ペリー・ローダンのドッペルゲンガーである。シンクロニトそれ自体は知性も限定的で、人格といえるものもない。だが、アルマダ工兵はシンクロニトを通じて遠距離からローダンを操ることができる。まるで安っぽいブードゥー魔術で、《バジス》での最初の反応は失笑だった。だが、白いカラスの口ぶりは真剣そのものだし、ジェルシゲール・アンもシンクロニトのことは耳にしていた。そして、グッキーとアラスカ・シェーデレーアがロボットレポーターのシュマッコファッツとともに、アルマダ工兵のラボに改造された睡眠ブイ〝グルンダモール〟から帰還したさい、ついに疑念は一掃された。危険はほんものだったのだ！

ローダンの選択肢はひとつしかない。アルマダ工兵のシュプールを追跡し、シンクロニトを無害化するのだ。白いカラスによれば、シンクロニトはシンクロドロームと呼ばれる巨大ステーションで培養されるらしい。だが、シンクロドロームの所在はだれも知らなかった。

《サンバル》のコマンドはロワ・ダントンが指揮した。軽巡洋艦は慎重に異星系に接近した。遠距離探知でエネルギー活動の存在はすでにわかっている。アルマダ工兵が採掘している惑星の名前はナンド……これは白いカラスから提供されたデータの最後に付加されていた情報だ。年老いた赤色恒星のまわりを公転する惑星六個のうち、第二惑星に当たる。

ナンドのすぐ近くには、アルマダ牽引機すなわちグーン・ブロック……エンジンとして使用されるほか、単独でも飛行する……の群れが探知されたが、惑星の地表はまだしずかだった。《サンバル》はアルマダ工兵の注意を引く前に姿をかくすことにした。星系のもっとも外側の、荒涼とした岩石惑星に着陸。ロワは艦を二等航法士のイチコ・スタンズにまかせ、三名の部下とともにスペース＝ジェット《サム＝Ⅲ》でナンドに向かった。巧みな機動でグーン・ブロックによる探知を逃れる。アルマダ工兵がおちつかない状態だったこともさいわいした。重要な出来ごとを前にして、ハイパー通信による連絡が飛びかっている。ただ、その内容を《サム＝Ⅲ》で解読するにはいたらなかった。アルマダ工兵の使う情報コードはまだ判明していない。

ナンドは火星サイズの砂漠惑星だった。山々はほとんど風化しているが、谷には多くの場合、動植物や知性体が棲息していた。ロワはその知性体を〝ナンディル〟と命名した。からだは細く華奢《きゃしゃ》で、細長い棒をつないだような、カマキリに似た形状をしている。多関節の八本の肢があり、頭部は洋梨形で、胴体の最上部についている。体長は一メートルから一メートル半。原始的な小屋に住み、なにを食べているのかははっきりしない。技術と呼べるほどのものはなく、べつの集落の住民とのあいだにほとんど連絡はないようだ。

ロワは《サム＝Ⅲ》を安全と思えるかくれ場に引きこんだ。ナンドの谷のひとつの北端にあった断崖に牽引フィールドで巨岩をいくつか慎重に運び、テント形の格納庫をつくって、そこにスペース＝ジェットをかくしたのだ。

それが数時間前のことだった。そのあとロワはブラドとナオミを連れ、谷にあるナンディルの居住地を調査した。そこでナンドに着陸する巨大採鉱ロボットを目撃したのだ。チームの四人めのメンバーであるフェダー・ナプサスは機内にのこっていた。かれは見張りをしながらアルマダ工兵の情報コードの解読を試みている。

ロワ・ダントンは最高のタイミングでナンドに着陸したと思った。アルマダ工兵が待ちわびていた重要な出来ごとが、ちょうど起きたところだったから。採鉱ロボットは着陸してすぐに作業を開始するだろう。そのときならアルマダ工兵のシュプールが見つかるはず。

だが、ロワの関心事はそれだけではなかった。巨大マシンが作業にとりかかったら惑星表面がどうなるかは想像にかたくない。着陸地点付近に無数のアルマダ作業工がうようよしている。巨大ロボット施設を動かすのにもっとも効率のいいコースを探しているのだ。そのうちの数体がナンディルの居住地のある谷にやってきたのだろう。谷に豊富な原材料が存在すれば、巨大ロボットは原住種族の居住地を仮借なく破壊するにちがいない。

　第二の任務は明らかだった。ナンドの破壊を阻止するのだ。

＊

　フェダー・ナプサスはエアロックから入ってきた仲間たちをろくに見ていなかった。小柄で活発な男で、鋭い知性と舌鋒《ぜっぽう》の持ち主だ。専門は情報理論。黒く短い縮れた髪を中央で左右に分け、唇の上に黒い口髭《くちひげ》を蓄えている。

「どうだった？」フェダーが興味なさそうにたずねた。

「きみは怪物を見てないからな」と、ブラド。

「ロボット採鉱施設のことか？」フェダーの視線が映像モニターに向いた。「間一髪で見逃すところだった。でも《サンバル》から連絡があって、ぜったいに見逃すなといわれたからな」

「《サンバル》はあれがどこからきたか知っているのか？」ロワがたずねた。

「黄道面のずっと上方でアインシュタイン連続体に実体化したようです」フェダーはにやりとした。「さぞ大きな音がしたでしょう！　《サンバル》があとから検証しています。ぜんぶで四百基の、大型および超大型グーン・ブロックが使われているとか」

ナオミがフェダーの横から映像を眺めた。

「ワルケウンてだれ？」

フェダーは不満そうに顔をあげた。

「お嬢さん、これはわたしの任務だ。わたしが説明する。最初から、順を追って」

「コードを解読したのね」ナオミがかまわず指摘する。

「そうだ。むずかしくはなかった。アルマダ工兵はあまりかくす気がなかったようだ。どうせだれも理解できない、あるいは挑戦する勇気がないと信じていたんだろう」ロワに視線をもどす。「残念ですが、あなたが見つけたがっていたアルマダ工兵の集団はここにはいません。ナンド近傍にいるのは一名だけです」

「だが、大量の通信が……」と、ロワ。

「アルマダ牽引機同士の通信ではなく、もっぱら一牽引機が遠くの仲間に送ったものでした」３Ｄ図表がうつしだされた。惑星ナンドと、その上空をさまざまな軌道で周回する無数のアルマダ牽引機がしめされている。そこに赤い光点があらわれ、ほかよりも圧倒的に大きい一飛行物体に接近していく。「これがそうです。上空から全体を指揮しています。指揮官はワルケウンといい、こいつがナンドに送りこんだアルマダ作業工と連絡をとっているんです。部下に、暗号名でドライドオグと呼ばれるロボットがいます。

いわば現場監督ですね。ワルケウンはこの者に、必要な資源が存在するなら、ナンディルの居住地は考慮しなくていいと指示しています」

せまい司令室内にしばらく怒りの沈黙がおりた。ロワの想像力が働きはじめる。ワルケウンがナンドでの作戦を軌道上から指揮しているなら、なんとか惑星に着陸させなくてはならない。宇宙空間にいる大型グーン・ブロックへの攻撃は効果がないだろう……たとえ《サンバル》からの攻撃でも。どうすればアルマダ工兵をナンドに着陸させられる？　ロワの意識のなかで計画がかたちをとりはじめた。

フェダーにアルマダ作業工と土砂崩れに遭遇したことを告げる。かれならこの出来ごととナンディルとの関係を説明してくれるのではないかと期待したが、縮れ髪の小男は意味がわからないというように首を左右に振った。

「いずれにせよ、われわれの最優先事項は明らかだ」と、ロワ。「ナンディルと接触しなくてはならない。あの採鉱ロボットが動きだしたら、まっすぐ居住地に向かいそうだ。警告しないと」

「いつ出発します？」と、ナオミ。

「暗くなるまであとどれくらいだ？」

ナオミはナンドの一日である十六時間に合わせたクロノメーターに目をやった。

「五時間です」

「そのくらいあればいいだろう」ロワが決断した。「いろいろと準備もある。夜の闇にまぎれても安全とはいえないかもしれないが、この状況だ。効果はちいさくても、使えるものはなんでも利用しないと」

2

ワルケウンは不機嫌そうに、砂漠惑星の装置から送られてくるデータを調べていた。採鉱ロボットは予定どおり着陸し、アルマダ作業工がかれの選択したコースを測量して、採鉱機能も次々に目ざめている。すべてがいつもどおりに動きだしていた……これまで何十回とやってきたことだ。

ワルケウンは退屈していた。どうして自分がこんな任務を割り当てられたのだ？　やることといえばグーン・ブロックのなかにすわって、採鉱ロボットが何立方キロメートルもの土砂をとりこむのを眺めるだけ。そのほとんどは役にたたないごみで、数時間後、そこから数十立方メートルの原材料が精製される。

そんな退屈にくわえて、あのおろかなアルマダ作業工、ドライドオグの面倒まで見なくてはならない。その基本プログラミングには数百年も昔の倫理観が刷りこまれている。ドライドオグはすでに三度、ワルケウンに対して、採鉱は原住生命体が存在しない惑星で実施すべきで……原住生命体が存在するなら、採鉱にはその全面的な同意が必要だと忠告してきた! ワルケウンは三度めで忍耐の限界に達し、ドライドオグをどなりつけた。本来の任務に精を出し、倫理面はアルマダ工兵である自分にまかせておけ、と。「最適なコースが原住種族の居住地を横切るとしても、変更は許されない」怒りにまかせてそういったあと、ロボットに感情的になっても無意味だと考えなおし、事務的につけくわえる。「原住種族の全面的な同意なら、すぐに得られることになっている」

ドライドオグには理解できなかったようだ。ポジトロニクスの論理で機能しているとはいえ、有機生命体が居住地の破壊に同意するのが理屈に合わないことはわかる。ワルケウンが極度の興奮状態にあり、その興奮の原因が自分、ドライドオグであることもわかっているようだった。二度とこういうことがあってはならない。ワルケウンがかれを職務からはずし、べつのアルマダ作業工を現場監督に任命するかもしれないから。プライドも野心も持たないドライドオグがそれを気にするわけではない。ただ、基本プログラミングどおりの行動がアルマダ工兵を怒らせたことで、サイバネティクス的に混乱が生じていたのだ。だから疑問をそのまま未解決問題として棚あげし、アルマダ作業工からの報告を整理して採鉱ロボットのコースを設定するという、本来の作業に没頭することにした。

そのあいだにワルケウンはどうにかおちつきをとりもどし、すわり心地のいいシートに腰をおろした。その前にある巨大なデスクの上には信じられないほど多様な通信装置が置かれている。かれが着用しているのは黒い人工皮革の衣服で、顔と頭は無毛、肌は奇妙な銀色で、まるで金属のようだった。手も銀色で、ワルケウンはその銀色の手でボタンを押したり、手振りでサーヴォに指示を出したりしている。だが、いちばん不思議なのはその顔で、男性なのか女性なのか、見分ける手がかりがまったくなかった。まちがいなくヒューマノイドだが、見慣れない者の目には、その外観は身震いするほど不気味だった。

銀色人はまる一時間、彫像のように身動きしなかった。採鉱ロボットが着陸したあたりは夜になったが、データは入りつづけている。やがて、巨大ロボットが動きだす瞬間を予測できるくらいのデータが集まった。

さらに準備を進める頃合いだ。

「〝筏乗り《いかだ》〟を呼びだせ」

すぐ前のデスク上にマイクロフォンのきらめくエネルギー・リングが生じた。ランプが明滅している。通信準備ができたということ。

「ワルケウンより筏乗り」と、銀色人。「筏乗り、応答しろ」

わずかな間があり、遠い声が返ってきた。

「こちら筏乗り。ワルケウン、任務ですか?」

「〝アルマダ筏〟を作動させ、ゆっくりこっちに向かえ。そうすれば最初の原材料パックを運びだすのにちょうどまにあう」

「座標が必要です」

「コンピュータが送信する」

「搬送先はどこです？」

「そのデータもコンピュータで送る……この通信を終えたらすぐに」

「そちらに向かいます、ワルケウン」筏乗りがいった。

銀色人が手をひと振りすると、マイクロフォンが消えた。ワルケウンは背もたれに思いきりよりかかり、ふたたび身動きしなくなった。

＊

鉱石探索者シドリのその日の成果は芳《かんば》しくなかった。仕事に集中できなかったのだ。頭にあるのは金属体から救った異人三名のことだった。どうにも満足できない。かれは三名を助け、相手もそれを理解したようだった。身振りも敵対的なものではなく、挨拶のため、あるいは感謝のため、とくに急ぐようすもなく近づいてきた。

どうして自分は逃げてしまったのだろう？

理由はわかっていた。自慢できることではない。パニックになったのだ。異人が近づいてきたとき、その外観の異様さに、思わず逃げだしてしまった。

午後になって集落にもどったとき、いつもなら六、七個はある発見物は三個しかなかった。水師のピエリムに報告し、持ち帰った試料をわたす。ピエリムが含有量を調べ、役にたつとわかったら採鉱者が送られ、本格的に採掘するのだ。水師は役だつものを土砂から分離し、飲料水に添加する責任を負っている。

赤藪谷の民の水源はふたつあった。深い井戸と天水桶だ。水師という職務は名誉と責任がともなうものだった。一定量の水にどれだけのミネラルをくわえればいいのか、知っているのは水師だけだ……さらに複雑なことに、雨水には井戸水よりも多くのミネラルをくわえなくてはならない。シドリには関係がよくわからないものの、ピエリムの言葉は信じていた。水師がいうには、ミネラルを水に混ぜないと赤藪谷の民は病気になり、ついには死んでしまうという。かれは水師に大きな敬意をいだいていた。

その日、ありがたいことに、採取量がすくないことをとがめる言葉はなかった。

シドリは自分の小屋にもどった。飲食の時間だ。だが食欲はなく、一日のほとんどを暑く乾いた丘の斜面ですごしたのに、喉の渇きも感じなかった。原因はわかっている。すこしためらったあと、かれはふたたび小屋を出て、星読みのヴリッシのところに向かった。

ヴリッシはちょうど食事を終えたところで、驚いたようにシドリを見た。

「ずいぶん急いで飲食したようだな。こんな時間にここにくるとは」

「食べても飲んでもいない」シドリは答えた。「大きな不安があるのだ。あなたと話がしたい」

「その不安を話すがいい」ヴリッシがうながす。

シドリは異人と出会ったことを話した。ヴリッシはひと言も口をはさまずに聞いていたが、やがて左の眼柄をあげて不信感をしめした。

「理解しがたいな。それほどの大きな事件が数日のあいだに起きたというのに、星の予兆がまったくなかった。まるで、偉大なる宇宙の母がわれわれを見捨てたようではないか！」

シドリは驚愕した。星読みがそんな絶望的なことをいうのははじめてだった。

「このごろ空を周回している新しい星が、予兆をかくしてしまったのかもしれない」かれはそういってヴリッシをおちつかせようとした。

星読みはその言葉を否定した。

「いや、もっと前に警告があったはず」

考えこむような沈黙がおりる。とうとうシドリが口を開いた。

「わたしは自分の考えを話して、助言をもとめるためにきたのだが」

ヴリッシは驚いて、ややあわてたように訪問者に向きなおった。

「きみは……おお、すまなかった！　自分の心配ごとにかまけて、きみのことを忘れていた。どうしたのだ？」

「このごろ谷の近くをうろついている金属体は見たか？」

「ああ」

「リルディの畑をめちゃくちゃにしたやつらだが、それがきょう、異人三人を攻撃しようとした。金属体は邪悪だ！」そういって星読みを見る。相手が反応しないので、かれは先をつづけた。「われわれ、自衛すべきだ。追いはらわないと、もっとひどいことが起きるだろう」

「そんな力をどこから得るのだ？」と、ヴリッシ。「金属体のことは遠くから見てきた。魔法の杖のような道具を使うのは知っているはず」

「それだけではない」シドリが暗い顔でいう。「腕からはげしい炎を噴きだして、空気さえ白熱させる。きょう、それで異人を攻撃するのを見た」

「そういうことだ。われわれでは対抗できない」

「だが、異人なら対抗できるかもしれない」と、シドリ。

ヴリッシは眼柄を前方に突きだした。

「異人に助けをもとめるというのか？」その声は恐怖に震えていた。

「わたしはかれらを助けた。お返しに、力を貸してくれるかもしれない」

「どうやって話をするのだ？」星読みはまだ不信感でいっぱいだった。「異人の言葉がわかるのか?」

「われわれとはべつの言葉をしゃべると思うのか?」シドリがとまどってたずねる。

「世界の遠い場所からきたのなら、それはそうだろう」

「それでも、やってみるべきだ」シドリは頑固だった。

ヴリッシはまたしばらく黙りこんだ。煩悶《はんもん》しているようだ。シドリは相手の頸筋の毛が動くのを眺めた。ふたたび話しはじめたとき、その声は重々しく悲劇的だった。

「ことはあまりにも重大で、はっきりした予兆がないかぎり踏みだせない。理解してもらいたい、シドリ」

「わかった」鉱石探索者は答えた。「あなたを説得して責任を負えないことをさせようと思ったわけではない。わたし自身はなんの躊躇《ちゅうちょ》もない。異人がどこにかくれているかはわかっているつもりだ。今夜、行って話をしてみる」

ヴリッシは顔をあげた。

「あわてるな。星々が見えたらすぐに予兆を探してみる。なにか見つかるかもしれない。今夜、正しい予兆が見つかったら、わたしも同行する」

帰り道、シドリは南の砂漠の上にいくつか、色とりどりの光点が輝いているのを目にした。光点は動かず、正午ごろ見かけた巨大な物体にとりつけられているものだと思えた。思わず有柄眼が動く。かれもヴリッシも、あの怪物についてはなにも話さなかった。

理解できないので、話すこともないと考えたのだ。

それは間違いだったかもしれないと、シドリは思った。

＊

今回はブラド・〝フラッシュ〟・ゴードンが見張りとして《サム＝Ⅲ》にのこった。その夜の作業には情報専門家であるフェダー・ナプサスの力が必要だったから。フェダーは小型グライダーにあらゆる種類の装置を積みこみ、やや傲慢ともいえる口調で、かれの装置に分析できない音声言語はこの宇宙に存在しないと豪語した。

呼吸補助装置も用意した。空気が砂漠地帯で〇・七気圧、丘の上ではもっと低くなるから。地球でいえば標高三、四千メートル級の山の上で活動するようなものだ。無理な活動をしないかぎり問題は起きないだろうが、いまは危険な状況が考えられる。たまま敵と遭遇し、はげしい肉体活動が必要にならないともかぎらない。呼吸マスクがあれば一定の安全は確保できるだろう。

グライダーは浅い浴槽にガラスの蓋をとりつけたような外観だった。乗員八名と一トンの貨物を積むことができる。武器やバリアの装備はない。強化ガラスのドームには四つの大きなハッチがあり、推力は反重力装置で得ている。

操縦担当はナオミ・ファースだった。彼女はグライダーを断崖からスタートさせ、谷の東側の南斜面、丘の頂上のすぐ下で停止させた。ドームごしに絢爛《けんらん》たる星空が見わたせる。遠近さまざまな恒星の光が、薄く清澄な大気のせいでほとんど弱まることなくとどくのだ。西の地平線近くには、はっとするほど強い輝きをはなつ赤みがかった恒星が見えた。ナンド星系にもっとも近い、名前のない恒星だ。

「あそこに」ナオミがいきなりいった。

ロワは彼女の視線の方向を目で追った。夜空にふたつの輝く光点が見える。その動きは高速で、肉眼ではとらえきれないほどだった。

「アルマダ牽引機……グーン・ブロックだ」フェダーがつぶやいた。

ロワは《サム＝Ⅲ》と連絡をとった。かんたんではなかった。当面、自分たちが惑星ナンドにいることは、なんとしてもワルケウンに知られてはならない。スペース＝ジェットと谷の周辺にいるメンバーとの通信を傍受されるわけにはいかなかった。ロワは送受信機で短いインパルスを《サム＝Ⅲ》の方角に送り、スペース＝ジェット側は発信地点を測定して、その移動速度とベクトルを特定する。《サム＝Ⅲ》からの応答は絞りこんだ集束ビームで、送受信機の現在位置に向けて送信された。これを受信してスペース＝ジェットの位置を測定し、やっと集束ビームによる通信が可能になる。

この手続きはひどく面倒だった。グライダーは通信中つねに一カ所にとどまるか、まっすぐスペース＝ジェットに向かって飛んでいなくてはならない。コースをそれると通信が切れてしまう。だが、ほかにどうしようもなかった。ジャンプ・スペクトル分析装置は平底のグライダーや背嚢《はいのう》には搭載できないから。

グライダーが谷の湾曲にそってカーブする。地形モニターに谷の出口が表示された。その向こうの砂漠には色とりどりの光が無数にまたたいて、巨大ロボット施設の輪郭をあらわしている。その手前には十数個のちいさな火が燃えていた。そこがナンディルの居住する村だ。

ナオミがグライダーを村から一キロメートルあたりの場所に着陸させた。探知機が砂漠にいるアルマダ作業工数百体を探知したが、脅威になるほど接近しているものはいないようだ。フェダーがファースト・コンタクトに使うらしい小型装置をいくつか選びだした。ほかの装置を使うのはナンディルの信頼を得てからだ。ロワは大昔の対戦車砲に似た装置を手にとった。

「なんですか?」ナオミが不審そうにたずねる。

「闇のなかをナンディルに近づくつもりか?」と、ロワ。「われわれがいきなり居住地のまんなかにあらわれたら、みんな逃げてしまうだろう。接近するのがわかるようにしないと……」

原始的な知性体の居住地に接近する最善の方法を探る議論は、唐突に終わりを迎えた。ナンドにいきなり、再度の昼間が訪れたのだ。ぎらつく白色光が北のほうまで谷をおおいつくす。夜の闇に沈んでいた一帯が、突如として白と黒のモザイクに変化した。まばゆい光に照らされた部分と、暗い影の部分に。

いや、昼間ではない……。

「あの怪物です！」フェダーがうめいた。

鋭い破裂音が空気を震わせた。ごろごろと音がして、大地が鳴動する。

ワルケウンの巨大採掘マシンが作業を開始したのだ。

＊

ロワがためらったのは一瞬だけだった。この状況でそれまでの計画に固執《こしゅう》してもしかたがない。ナンディルは脅威を感じていて、かれがなにをいっても理解できないだろう。

一方、採鉱ロボットの動きを知ることはぜったいに必要だ。谷に危険が迫っているのか？ ロボットのコースに影響をあたえられる可能性は？

ロワは南に視線を向けた。まばゆい光のせいで目が痛み、細かいところはよく見えない。

「グライダーにもどって、近くから見てみよう」

フェダーは反論しかけたが、それを押し殺した。いまこの時点でナンディルと接触することの無意味さはかれがいちばんよくわかっている。ロワは操縦席につき、グライダーを谷の西側の山腹に向けた。しばらくは張りだした岩を掩体《えんたい》にとり、真っ暗な影のなかを飛行する。

ハッチがふたつ開いた。

「これで攻撃されても防御できる」と、ロワ。

画面表示は大きく変化していた。数百個だった光点が数千個に増えている。グリーンがかった揺らめく光点のほとんどはその場から動かず、採鉱ロボット内部にあるエネルギー発生源らしい。一方、動いているのは明らかにアルマダ作業工だ。しかもその数は数分のあいだに十倍に増えていた。

「接近する」と、ロワ。

「屑鉄にされてしまいますよ！」フェダーが反論する。

「気づきもしないと思うわ」ナオミが応じた。「あれだけの大きさのマシンを作動させるには、すべてのロボットと生命体が注意を集中する必要があるはずだから」

ロワは笑顔でうなずいた。状況を冷静に、事実に即して分析できるだれかの同意がほしかったのだ。ここ数時間、即断即決が功を奏している。あの怪物と手下たちが態勢をととのえるのを待っていたら、とりかえしのつかないことになっていただろう。

グライダーがゆっくりと岩陰を出る。二キロメートルほどはなれたところにアルマダ作業工の群れを探知。ロワは大きく弧を描いてそれを迂回した。向こうはグライダーに気づかない。巨大ロボット施設の頭上数百メートルに浮かんだ球形の太陽灯がまばゆい光を投げかけている。グライダーが巨大マシンに接近すると太陽灯は頭上近くに移動し、まぶしさがやわらいだ。強化ガラスのドームが変色し、機内がまぶしくなりすぎないように調整する。

ロワははじめて、高さ千二百メートルの巨大マシン中心部の表面に見える亀裂を目にした。まるで狂気の建築家が暴《あば》れまわったかのようだ。マシンは全体が黒一色で、百世代にわたり各自が勝手に増築をくりかえしてきたかに見える。中心部は全体的には直径四キロメートルのシリンダー形だが、近くから見ると無数の構築物におおわれて、もうかたちがわからなかった。

まぶしい光が暗い影に変わる。ロワは妙案を思いついた。アルマダ工兵は現代的な技術によるさまざまな索敵方法を用意しているだろうが、もっとも古い技術がもっとも有効なこともある……すくなくとも近距離においては。光学的な目くらましだ。姿が見えなければ、発見される危険は激減する。

ロワはグライダーを暗いアルコーヴのなかに乗り入れた。投光器で前方を照らしながら前進し、グライダーがおさまる大きさの金属表面に着地。頭上にはバルコニーのような大きな張り出しがあり、それが太陽灯の光をさえぎっていた。

一行は機外に出た。床の金属面が振動している。巨大マシン内部ではとてつもない轟音が響いているようで、かれらも会話さえままならない。ロワはアルコーヴの奥の壁を調べ、ハッチらしいものを発見した。ただ、そこからなかに入れるとは思えない。開閉機構が見当たらないのだ。威力の弱いブラスターでも破壊できそうではあるが。

大音響が鼓膜を震わせた。ナオミが悲鳴をあげ、ロワの肩にしがみつく。彼女がのばした腕の先を見ると、アルコーヴの左右の壁のあいだに明るく照らされた砂漠が見えた。過負荷に苦しむ金属の悲鳴のような音が聞こえ、ナオミがなにをいいたいのかわかった。触手状アームの一本が動きだしていたのだ。

それはナンディルの谷にいちばん近い場所で地面に接していた、皿状先端がある触手だった。皿状の部分はすでに砂漠の地表からはなれている。それ自体も直径が八百メートルほどあり、かなりの脅威だ。いくつかの関節が音をたて、やや東に向きを変えた。ふたたび関節が伸びはじめる。なにもかもがごくゆっくりと進行した……数百万トンの物体が動くのだから、無理もない。だが、ロワは時間の感覚を失っていた。信じられない思いで触手が伸びるのを見つめる。関節部分でしわになっていた表面が、触手の伸長とともにぴんと張りつめた。まるで生物のように、ナンディルの谷のほうに近づいていく。先端が急角度で地面に接近した。土埃があがる。またしても砲撃のような音が響いた。

皿状先端が接地。シリンダー内部から聞こえる轟音が急に大きくなった。たいして想像力を働かせなくても、なにが起きているのかはわかる。触手が大地を掘削しはじめたのだ。先端が接地したのは、原材料が豊富だとアルマダ工兵が判断した場所だろう。すさまじい勢いで砂漠の砂が吸いこまれていく。そのあと内部機構が原材料と不要物を選別するのだ。不要物は外に廃棄され、原材料だけがシリンダー内部に保存される。

採掘機構はまだ働いていない。ロワは怒りを嚙みしめながら、皿状先端がナンディルの谷間に接近した距離を千五百メートルと見積もった。

巨大ロボットがコースを変えないかぎり、いずれ谷の居住地に到達するだろう。

＊

グライダーにもどり、北に向かう。ぎくりとする瞬間もあった。アルマダ作業工が二体、影のなかから出現し、接近してきたのだ。グライダーのハッチはふたつが開いたままで、ナオミとフェダーは武器をかまえたが、ロボット二体は目もくれなかった。グライダーの下をくぐって、採掘マシンの中心である巨大シリンダーのほうに進んでいく。

ナンディルの居住地にはいまも火が灯っていた。小屋は木の枝でつくられていて、どれも同じような半球形だ。街路として想定された空間の両側にならべて建てられているため、それ自体が村の輪郭を形成していた。火は街路にそって一定間隔でならんでいる。巨大ロボットによる照明のなかで、火明かりは奇妙に薄らいで見えた。

ナンディルの姿はひとつも見当たらない。いや……小屋から出てきた者がいた。前肢のはしの鉤爪で粗朶《そだ》をつかんでいる。ナンディルは粗朶を火のなかに投げこむと、向きを変えて自分の小屋にもどっていった。グライダーは街路の上空八メートルにじっと浮遊している。ナンディルはグライダーにも、砂漠で轟音を響かせている採掘ロボットにも、まったく注意をはらわなかった。

「ナンディルの知性を過大評価していたんじゃないか」フェダーが考えこみながらいった。「知性があれば、未知の状況に興奮したり、はじめて見るものを見つめたりするはず」

「圧倒的な力を前にして混乱しているのかも」と、ナオミ。「意識のヒューズが飛んでしまって、現状を認識できなくなっているのね。あるいは、認識はしても無意識下に押しこんでしまっているか。精神物理学ではよく知られた症例だわ」

ロワはほかのことに気をとられていた。村からすこしはなれた赤い藪のなかに動きを感じたのだ。探知機が反応しないから、アルマダ作業工ではない。ロワはグライダーを低速で東に向かわせた。もともとかなりちいさいエンジン音は、巨大ロボットの騒音のおかげでほとんど聞こえない。見ると、黒っぽい線が何度も折りかえしながら藪のなかをのびている。ロワはそれを踏み分け道と推測してたどっていった。やはりそうだ。藪が薄くなって太陽灯の光が地上にとどいている場所に、二体のナンディルの姿が見える。

急ぎ足でめざしているのは谷の東のはずれらしい。

一メートルほど上昇すると、前方にひろめの空き地が見えた。踏み分け道は西からそこに向かい、さらに先までつづいているようだ。推測が当たっていれば、二体は空き地を横切って前進するはず。

ロワは先まわりして空き地に着陸し、外に出てグライダーの前に立った。ナンディルが藪を抜ければ、すぐに自分の姿が見えるだろう。その反応を予想してみる。午後に見かけた個体は、はじめは友好的なようすだったが、そのあと逃げてしまった。なぜだろう？　未知の乗り物と異人三名の姿を見たら、どう反応するだろう？

ナオミがかれの袖を引いた。

「きました」

赤い藪の下に動きが見えた。ナンディル二体が姿をあらわす。その体表の色は採鉱ロボットがはなつまばゆい青白色の光を受けて黄土色に見えた。二体がためらいを見せる。異人に気づいたようだ。ロワは思わず息をとめた。相手が逃げるとしたら最初の瞬間、本能のまま反射的に動きだすはず。

だが、二体は踏みとどまった！　どちらも身動きしないが、有柄眼はグライダーとその乗員に向けられている。一分が過ぎ、前に立っていたほうのナンディルが動きだした。もう一体は逡巡《しゅんじゅん》している。おずおずと仲間に追随したものの、かなりの距離をとって足をとめた……わずかでも危険の兆候があれば、すぐに赤い藪のなかに逃げこめる位置だ。

勇敢なほうはテラナー三人の五メートル手前まで近づいた。立ちどまり、上体を起こす。ロワはちいさな手のような把握器官をはじめて間近から見た。ナンディルは片手をのばして一握の砂をとり、あいているほうの手をななめにあげて、そこに砂をかけた。同時に発声器官から声が流れる。遠い滝音のような声だ。ロワが相手の行動の意味をまだ考えているうちに、ナオミが声をあげた。

「土砂崩れ！　土砂崩れを表現しているんです。きょうの午後、助けてくれた個体です！」

3

ロワ・ダントンは慎重に地面に膝をついた。片手で一メートル四方くらいの砂地をたいらにならし、ひとさし指で絵を描きはじめる。丘の輪郭、丘の斜面、その上に浮かぶ、両端が尖った樽形の物体。アルマダ作業工だ。丘の頂上に一ナンディルの姿を描く。最後に目の前のナンディルを指さし、そのあと自分が描いた姿を指でしめす。

ロワが立ちあがって一歩後退すると、相手は近づいてきて、近くから絵を眺めた。もう一体も数歩はなれたあたりまで接近してくる。最初の個体が振りかえり、しゅうしゅう、ちりちりという声でうしろの個体に話しかけた。興奮しているようだ。うしろのナンディルも絵を眺める。しばらく話しあったあと、両ナンディルは脇によった……砂の上の絵を乱さないよう、注意深く。ふたたび上体を起こし、いちばん上の腕を伸ばして把握器官のちいさな指をひろげる。そのしぐさの意味は明らかだった。絵の内容を理解したのだ。

両種族間の壁が破れた。

フェダー・ナプサスも作業にかかっていた。目的を確実に見据えて、ただちに準備を開始する。まるで、生涯ずっと非ヒューマノイド型異知性体とのコミュニケーションの確立に携わってきたかのような手際のよさだ。テラナーもナンディィルも、無言でかれの作業を見守っている。砂漠のほうでは巨大な採鉱ロボットが轟音を響かせながら作業をつづけていた。ときおり大きな爆発音も聞こえ、ナンディィルの片方が身じろぎした。ロワは二体が南の砂漠に背を向けて立っていることに気づいた。そこで起きていることを直視したくないのだ。ナオミ・ファースの仮説が頭に浮かんだ。圧倒的な力を前にして混乱している。ナンディィルは自分たちの世界に起きていることを理解していなかった。

フェダーが防音バリアを張って、巨大ロボットのたてる騒音を遠い喧噪《けんそう》程度にまで弱める。ロワは鋭い目でナンディィルを観察した。急にしずかになったことに対して反応は見せていない。有柄眼を伸ばしてフェダーの作業を見守っている。フェダーのしていること以外には興味がないようだ。

準備がととのった。フェダーはナンディィルに気づかれることなく、かれらがかわす会話をずっと記録しつづけていた。それを再生すると、ナンディィルは興奮をしめした。どういうことなのかわかっているようだった。

＊

個体名の意味は通訳されない。トランスレーターはそれを人間の耳で聞きとりやすいように変換するだけだ。テラナーたちがその日の午後に谷の東斜面で出会った個体はシドリという名前だった。同行者はヴリッシだ。

ナンディルの言語は気息音とさえずり音と破断音で構成されていた。人間の可聴範囲の高音ぎりぎりで、一部は超音波領域に入りこんでいる。言語としては原始的で、それは利点でもあり、不利な点でもあった。フェダー・ナプサスの言語分析装置が複雑な文法を分析する必要がないかわり、非実体的な概念、たとえば善、よろこび、苦痛などは面倒な複合語であらわされるから。ここでフェダーが開発した直観ジェネレーターが役にたった。つまりこのトランスレーターは、単語の意味を文脈から判断できるのだ。会話のなかで使用される単語の頻度によって、その単語の翻訳が正しいか間違っているかを判断し、後者の場合はあらためて同じ手順をくりかえす。

真夜中ごろには充分な語彙が蓄積され、まともな会話を試みることができるようになった。ナンディルは知識こそ限定的だが知性は高く、乾いたスポンジが水を吸いこむように、あらたな知識を貪欲に吸収した。テラナーとナンディルのあいだに置かれたトランスレーターにもおじけづくことなく、すぐに機能を理解した。ナンディル両名には特定の意図があり、それについても説明してくれた。

「あなたたちと話をしにきた」シドリがいった。

ロワは耳を疑った。

「空き地で見かけたのは、われわれのところにこようとしていたのか？」

「そうだ」と、シドリ。

「どこをめざしていた？」

「谷の北端の崖のところ」

慎重に選んだかくれ場が発見されていたと知っても、ロワは驚かなかった。

「なんの話がしたいの？」ナオミがたずねる。

「危険と変化について。この世界はもう以前と同じではない。われわれが恐れているのは……」

トランスレーターの声がとまった。

「どうした？」と、フェダー。

「未知の単語で、推測不能です」と、マシンが答える。

トランスレーターは自発的にナンディルに話しかけた。ロワとナオミが見ていると、ヴリッシが後肢を左右にひろげ、前肢のものより頑丈そうな把握器官でなにかちいさな物体をとりだした。それを砂の上に置く。ロワは身をかがめてそれを見つめた……鉄の塊りだ。不純物が多く、ざらざらしている。原始的な精錬の産物だろう。

「金属」トランスレーターから声が流れた。「われわれが恐れているのは金属体だ」

シドリは向きを変え、ロワが砂の上に描いた、両端の尖った樽を指さした。

「〝われわれが恐れているのはアルマダ作業工だ〟だ」ロワがトランスレーターに教える。

「了解しました。〝金属体〟は〝アルマダ作業工〟と訳します」

「いや、待て」フェダーが口をはさんだ。「ぜんぶそう訳すのはまずい」

「きみたちは金属体を恐れているのに、そこにいる金属巨体は平気なのか？」ロワはそういって、砂漠の太陽灯のほうを指さした。「もっとずっと危険だと思うが」

ヴリッシとシドリは短く言葉をかわした。声をひそめたため、トランスレーターはとらえることができなかった。ロワの問いかけは不都合なものだったようだ。

「金属巨体のことはなにも知らない」やがてシドリが答えた。

ナオミがちらりとロワを見る。いいところを突きましたね、と、いっているようだ。

ロワはナンディルたちにこちらを向くよういうべきだろうかと思った。かれらが理解していないものに抵抗するよう、力ずくで強制すべきだろうか。その場合かれらは、いま南を向いていても太陽灯も見えないし音も聞こえないと、真剣に主張するのだろうか？ロワはフェダーに合図して、防音フィールドを解除させようとした。

そのとき、奇妙なことが起きた。

〈なにを気にすることがある？　かれらが巨大マシンをなんとも思っていないなら、どうしてわれわれが首を突っこむ必要がある?〉と、頭のなかに自問する声が響いたのだ。いきなりのことで、ロワは驚いた。声はさらにつづく。〈ロボット採鉱施設がなんだというのだ? あれが危険なものだとどうしてわかる?〉

「これはいったい……」と、フェダー。

「注意してください!」ナオミがいった。「なにかが思考を押しつけてきています」

ロワは強く首を振った。そうすれば意識のなかに押し入ってきた声をはらいのけられるかのように。トランスレーターから声が流れた。

「金属巨体というが、われわれの見方は異なる。われわれ、数日前から、未来の運命をしめす予兆を待っていた。星々のあいだに予兆をもとめたが、それは間違いで、偉大なる宇宙の母はこの世界そのものに顕現体を送ってきた。あなたたちが金属巨体と呼ぶものは、偉大なる宇宙の母の化身だ。われわれはそのもとに行き、敬意を表明しなくてはならない」〝顕現体〟と〝化身〟は推測にもとづく訳語だと、トランスレーターが注釈を入れた。

「いや、待つんだ!」ロワが叫ぶ。

だが、両ナンディルはもうなにもいわなかった。小声のやりとりはトランスレーターにとらえられない。シドリとヴリッシはもう歩きだしていた。急ぎ足で空き地を横切り、藪のなかに姿を消す。テラナー三人は茫然としたままあとにのこされた。この悪魔じみたゲームにあらたな要素がくわわったのは明らかだ。

最初にショックから回復したのはロワだった。

「行くぞ」と、フェダーに声をかける。「まだまにあう。ナオミ、わたしも手伝うから、フラッシュに呼びかけろ。なにかわかったかもしれない」

＊

「そっちもいい気分になりましたか？」ブラド・〝フラッシュ〟・ゴードンの皮肉っぽい声がスピーカーから聞こえた。「この世界にわれわれが恐れることなんてなにもないって気分に？」

「要点をいえ」と、ロワ。「なにがわかった？」

ラジオカムのちいさな画面上で、ブラドが相好《そうごう》を崩す。

「半時間前から空に新しい星がふたつ見えるようになった以外、とくになにも。ワルケウンが乗り物として使っているグーン・ブロックから射出されたものです。同期軌道で惑星を周回して、地表のほぼぜんぶをカバーしています。測定装置によるとプシオン性放射が観測されたってことですが、信じられますか？」ブラドはそういって笑い声をあげた。

「冷たいシャワーを浴びてくるのね、フラッシュ」と、ナオミ。「ナンディルは偉大なる宇宙の母がこの世界に顕現したと信じているわ。巨大採鉱ロボットだとは認識してない。崇拝対象だと思っているの」

ブラドはまじめな表情になった。

「なにか提案は？」

「きみが楽しそうに話していたとおりだ」ロワが答える。「恐れることなどないんだろう？　きみは楽しい気分かもしれないが、ナンディルが同じ気分だったら、破滅に向かって一直線だ」

ブラドはすっかり真剣になっていた。

「なにをすればいいでしょう？」

「貯蔵庫を調べろ」と、ロワ。「《サム＝Ⅲ》に機雷が積んであるかどうか、確認するのだ」

「機雷ですか？」ブラドがとまどってくりかえす。

「早くしろ」

ブラドの顔が画面から消えた。画面外でコンピュータに指示を出している。数秒後、かれがもどってきた。

「二個ありますが、自力推進はできません」

「外部推進装置を使え」ロワはこの任務で機雷が必要になるとは思っておらず、《サム

＝Ⅲ》がいくつ装備しているか気にしていなかった。二個とは……いささかすくない。

「フラッシュ、ワルケウンは軌道上にプシ・プロジェクター二基を投入したのだ。破壊する必要がある。だが、こちらの位置を知られるわけにはいかないから、スペース＝ジェットで撃墜することも、ここから攻撃することもできない。二個の機雷は惑星の反対側からあらわれて、どこからきたのかわからないようにするんだ。狙いはぜったいにはずせない。わかるな？　機雷は二個しかない」

「わかってます」ブラドはうなずいた。状況の深刻ささえ理解すれば、実務的な男なのだ。「作業にかかります。定時連絡はいままでどおりで？」

「できればそうしたいが、これから採鉱ロボットの周囲を観察して、ほぼずっと動きまわることになる。こちらの発信地点を確定するのは困難だろう。きみがうまくやれば、精神への影響が消えるからすぐにわかるはず……」

最後までいうことはできなかった。画面の映像が消える。ロワはブラドひとりに作業をまかせるしかないことを残念に思った。かれの能力に疑問があるわけではなく、ふたりか三人でやればもっと早くすむからだが、ナオミもフェダーもそちらに行かせるわけにはいかなかった。ナンディルが〝偉大なる宇宙の母〟への礼拝をはじめたら、なにが起きるか知れたものではないのだ。

＊

ヴリッシとシドリが居住地にもどると、赤藪谷の民たちはすでに小屋を出て火のまわりに集まっていた。混乱しながらも、星読みの声にしたがっている。一時間ほど前からはじまったことがいったいなんなのか、説明できるのはかれだけだから。居住地の作業については、それぞれ責任者が決まっている。水師、鉱石探索者、ベリー農家などなど。星読みは説明不能なあらゆることを説明するのが仕事だ。

ヴリッシの姿が見えると、住民たちがそのまわりに集まってきた。二百体はいるだろう。小屋にのこった者はいない。興奮した声が星読みに集中する。ヴリッシは後肢で立ちあがり、把握肢を振って静粛をもとめた。

「今夜、すばらしいことが赤藪谷の民に起きる」あたりがしずまると、かれは声を張りあげた。「ここ数夜、星々のあいだに予兆をもとめつづけたが、なにも見つからなかった。われわれ、偉大なる宇宙の母に見捨てられたと思ったもの。ああ、なんとおろかだったことか！　宇宙の母はわれわれに、星々のあいだのたんなる予兆ではなく、もっとずっといいものをあたえてくださった。われわれがかぎりない庇護を体感でき、その親愛の光に身を浸せるよう、顕現体を送ってくださったのだ」

かれはナンディルがようやく認識できるようになった無数の太陽灯の列を指さし、先をつづけた。

「行って、礼拝するがいい。両手に砂をすくって空中に投げあげ、この世界への贈り物に感謝していることをしめすのだ。ただ、よく考えろ……」

効果を狙って言葉を切る。早くも駆けだそうとしていた者たちが動きをとめ、振りかえった。あとまだなにをいおうというのか？

「われわれ、赤藪谷の民はとりわけ有能だ。だが、兄弟たちのことも忘れてはならない。高い木々の民、浅い湖の民、砂漠の洞窟の民……そのすべてに知らせを伝えなくては。かれらも奇蹟を見にくるだろう。この知らせを伝える使者が必要だ」

この要求を叶《かな》えるためには、星読みの権威を目いっぱい利用しなくてはならなかった。偉大なる宇宙の母を崇拝するために砂漠に向かうのをあとまわしにして、近所の同胞に知らせを伝えるため、苦しい旅に出たがる者はいないから。顕現を知らせる使者となるのは砂を投げて崇拝するよりもずっと気高い行為なのだと説得して、ようやく数名の志願者が集まった。かれらはただちに出発した。ヴリッシ自身は住民の行列の先頭に立ち、砂漠へと出ていった。

行列の最後尾についたシドリは混乱していた。ヴリッシの解釈に全面的に同意できていたら、もっと心は軽かっただろうが。ああ、もちろんかれも、すこし前に急に湧きあがってきた平安と幸福感は享受していた。ただ、なぜいきなりそんな気分になったのか、その理由がわからないのだ。

どうも信用できなかった。個人的な勇敢さというのは、ナンディルのあいだではまったく評価されない。だからシドリは、危険を感じたらすぐに逃げられるよう行列の最後尾にいることを、なんとも思っていなかった。

＊

グライダーは砂漠の地表から二千五百メートルの高度で浮遊していた。巨大シリンダーを花輪のようにかこむ太陽灯は上方には向いておらず、三人のテラナーは照明された地上のようすを、光に目がくらむことなく観察できた。そこには驚くべき光景が展開されていた。

巨大マシンのタコの脚のような触手はぜんぶで十六本あり、アルマダ作業工が原材料の存在を確認した地域にのびている。脚は同じ作業をくりかえし、採掘を進めていた。先端を採掘地点におろし、地面を掘っていく。一カ所で一、二時間作業したあと、次の場所にうつるようだ。中央のシリンダーはいまのところまだ動いていなかった。十六本の触手ぜんぶが採掘にとりかかって、はじめて作動するらしい。すべてが終わると巨大ロボットは立ちあがり、浮上して、次の採掘場所で同じことをくりかえすのだろう。

皿状先端の直径は八百メートルほどあった。それがつくるクレーターの直径は六百メートルだ。掘削装置は慎重な探測結果にもとづき、地面を三百メートルから五百メートル掘って、砂漠の下の岩盤に到達する。そんなクレーターがすでに五つできていた……無垢な世界の表面に厚顔無恥なアルマダ工兵がつくったあばただ。巨大マシンが移動するときには、ひろい砂漠の表面に十六個のあばたができているはず。砂漠に住民はいない。表面が平坦だろうと、あばたがあろうと、だれが気にする？ 二、三千年もすれば、風がすべての痕跡をかき消してしまうだろう。

ロワはそんな思いにプシオン性の影響を感じとった。同期軌道上のプロジェクターによる心理強制で、真の危険から目をそらされているのだ。いまはまだいい。だが、巨大マシンが前進し、皿状先端のひとつがナンディルの住居を押しつぶしたら？ 村の街路はせいぜい三百メートルしかない。貪欲なマシンは、村を跡形もなく消し去ってしまうだろう。

「なにか起きそうです」ナオミがいきなりそういった。

彼女は地上の一部を拡大表示した映像を見つめていた。谷から二百体ほどのナンディルの列が近づいてくる。いちばん南にのびている触手に向かっているようだ。ロワの心臓の鼓動が速くなった。ヴリッシとシドリの姿もある。プシ・プロジェクターの幻想に踊らされ、偉大なる宇宙の母を礼拝しに行くのだろう。グレイの醜い多関節金属アーム……それが礼拝の対象？ そのイメージはあまりにもグロテスクで、笑いだしたくなる。

だが、ナンディルにとっては切迫した脅威だ。

「押しもどすべきです」ナオミが提案した。「必要なら、多少の実力行使も辞さずに。このままでは、かれらは破滅です」

「その破滅はもう目の前だな」フェダーが皮肉っぽくいう。「アルマダ作業工が気づいたぞ」

樽形ロボットの群れが画面にあらわれた。ナンディルたちは気づいていないようだ。皿状先端のはしまで数百メートルのあたりを歩いている。アルマダ作業工が攻撃を開始した。使っている武器はよくわからない。だが、行列は停滞した。映像を拡大すると、倒れて身動きしない数体のナンディルがはっきりと見えた。ロボットは混乱した巡礼者たちにくりかえし攻撃をしかけ、とうとう動いている者は一体もいなくなった。

「くそ」と、フェダー。「なぜ介入しないんです？　すべてのロボットが攻撃に参加しています」

「われわれにできることはない」ロワの声は怒りに震えていた。「おおっぴらに攻撃したら、すべてのロボット軍団を相手にすることになる。もっとべつのやり方があるはず」

かれは片手でスイッチをたたき、

「フラッシュ、どんなぐあいだ？」と、大声でたずねた。

「二個の機雷を十八分後に発射できます。二十三分後に同期軌道に到達し、ほぼ一時間、そのまま軌道にとどまります」

ロワはクロノグラフを見た。夜明けは間近だ。二時間もすれば日の出だった。それでも、やってみるだけの時間はある。

「また連絡する、フラッシュ」ロワはそういって通信を切った。

「一体、こっちに走ってきます！」ナオミが声を弾《はず》ませた。

死んだと思っていたナンディル二百体のうち一体が、いきなり動きだした。任務を終えたアルマダ作業工はすでに撤退している。そのナンディルは北に向かって走っていた。頭が切れるらしく、谷の入口の西側にある丘の手前で足をとめ、岩陰に飛びこんで姿が見えなくなった。

「ほかの者たちも動きだしました」と、フェダー。

ロワは安堵の息をついた。アルマダ作業工は麻痺銃を使ったようだ。麻痺が解けた八肢の生命体が次々と起きあがる。だれもが混乱していた。偉大なる宇宙の母を拝礼するためやってきたのに、敬虔《けいけん》な熱意を捧げる前に撃ち倒されてしまったのだから。当面、皿状先端に近づく気はなくなったらしい。一カ所にかたまって協議している。近くに作業工の姿はなかった。

「いちおう危険はないようだ」と、ロワ。「こんどはわれわれが邪悪の根源を一掃する番だな」

＊

ロワがグライダーをかくしたアルコーヴは、その夜最初に見つけた場所に似ていた。幅八メートルの張り出しが充分に機体をかくしてくれる。奥にはやはり同じようなハッチがあった。

ロワはナオミとフェダーに計画を説明した。

「アルマダ作業工と正面からやりあうのは無意味だ。向こうのほうが数が多いし、巨大マシンの内部にも数千体が存在するだろうから。《サンバル》を呼んで戦闘に持ちこむか、巨大マシンを内部から破壊するしかない。入口はあるわけだから、開け方さえわかればいいいんだ」

「どうするつもりです？」フェダーがたずねた。

「原始的な方法でやる」ロワはブラスターの握りを片手でつかんだ。

フェダーがハッチの前に膝をつき、小型投光器で枠の部分を照らした。充分に時間をかける。こういうことは急いでもしかたがない。

「どうだ？」二分ほどしてロワがたずねた。

「力ずくで開けるのはむずかしそうです」フェダーが対象から目をはなさずに答える。

「複雑な施錠機構のようです。だとしたら、不正な侵入の試みに対しても強力な対抗処置をとっているはず。無理に開けようとしたら、巨大マシン全体に警報が鳴りひびくでしょう……当然、ワルケウンも気づくはず」

「解錠は？　解錠機構を見つけられないか？」

「どうやら見つけたようです」フェダーはときに相手の感情的な反発を誘う自信満々の態度で答えた。

防護服のポケットから小型装置をとりだし、それをハッチの縁にそって動かす。

「よし」かれが満足そうにつぶやくと、装置のちいさなランプが点灯した。「これでいいはず」

数分後、てのひらほどの大きさの蓋がシリンダーの黒い表面から分離した。フェダーが原始的な折りたたみナイフの刃でこじ開けたのだ。下からいくつもの、もつれた接続端子があらわれる。

「あとはあらかじめ設定されたコードを探り当てるだけです」

「急げ」と、ロワ。「明るくなったら、なかに入るか《サム＝Ⅲ》にもどるか決めなくてはならない。陽光の下でアルマダ作業工とやりあうつもりはないから」

「横から口出しされなければ、もっとずっと早いんですがね」フェダーが不満そうにいう。

　ロワはにやりとして横を向いた。フェダーの腕は信用できるが、対人スキルという面では、かれは完全に落第だ。ナオミはアルコーヴのはずれに立ち、砂漠のほうをうかがっていた。ロワは彼女に向きなおった。

「ナンディルはまだ協議をつづけています」ナオミがロワの視線に気づいて報告した。「近くにロボットは見当たりません」

　ロワは混乱しているナンディルたちのほうを見やった。数キロメートルはなれていると、まるでたがいに仲間の上に這いのぼって獲物を奪いあうアリの集団のように見える。かれはクロノグラフに目をやった。

「あと半時間で機雷が標的と接触する。運がよければプロジェクターはどちらも破壊され、ナンディルは自分たちの間違いを悟って、居住地にもどるだろう。それでとりあえず危険は遠のく……巨大マシンが場所を変えるまでは」

「破壊に失敗したら？」ナオミが疑念を呈《てい》する。

「そのときは全力で戦うしかない。《サンバル》を呼びよせて、あの怪物を粉砕する」

　ナオミが奇妙な表情でかれを見た。ロワには彼女のいいたいことがわかっていた。巨大マシンが着陸して以来、かれはナンディルを助けて惑星の荒廃を防ぐことに専念し、本来の任務を忘れたかのようだから。ペリー・ローダンのシンクロニトが培養されているシンクロドロームにいたるシュプールを発見するという任務を。

彼女は間違っていない。ロワの優先順位は感情的・人道的見地にもとづいていた。ナンディルを破滅から守るのが先で、シュプールの発見はそのあとだ。こんなとき、父ならどうするだろうと自問する。ただ、その問いは形式的なもので、答えはおのずと明らかだった。ペリー・ローダンも同じ行動をとったはず。

ロワは身を乗りだし、アルコーヴの右側の壁の向こうをのぞいた。東の空が赤くなっている。太陽灯のぎらつく光のなかでそれがわかるということは、外はかなり明るくなっているはず。かれは振りかえった。

「店じまいだ、フェダー。ずらかるぞ」

「もうすこしだけ！　あとほんのちょっとなんで……」と、フェダー。

「どのくらいだ？」

「二十分以上はかかりません」

「あきらめろ、フェダー。外が明るくなる。荷物をまとめるんだ」

フェダーはうめいたが、いわれたとおりにした。グライダーがスタートし、太陽灯の光の範囲から出たとたん、ロワの決断が正しかったとわかる。谷はすっかり明るくなり、東の山陰にわずかに影がのこっているだけだった。

ロワは《サム＝Ⅲ》のかくれ場に向かうコースをとった。

4

ブラド・〝フラッシュ〟・ゴードンは探知スクリーン上で二個の機雷をしめす光点を見ながら、奇妙な気分になっていた。機嫌はいい。まるで遊んでいるようだ。実際、機雷が標的に命中しようがはずれようが、どちらでもよかった。標的はまったく無害だから。プシ・プロジェクターの目的は気分を高揚させることで、そのなにがいけない？

この気分がプロジェクターの影響であることはわかっていた。だからこそ、効果から逃れるのもむずかしくない。かれは外部から強要された気楽さと同時に、機雷がプロジェクターに接近するにつれ、耐えられないほどの緊張も感じていた。結果の重要性がわかっているから。マイクロゾンデを飛ばして、谷の南側の出口に近い砂漠の上を旋回させてもいる。宗教的情熱に満たされて巨大マシンを礼拝しようとするナンディルたちの姿も、かれらを攻撃するアルマダ作業工の姿も観察していた……しばらくして使われたのが麻痺銃だったとわかり、ほっとしたもの。ゾンデがもどってきたのでそれ以後のことはわからないが、ナンディルがロボット採鉱施設を偉大なる宇宙の母の顕現体と思いこんでいるかぎり、危険がなくならないのは明らかだ。

両プシ・プロジェクターの光点が着実に大きくなっていく。スクリーン上では、機雷との距離はほんの数センチメートルだ。ワルケウンの監視能力はどのくらいだろう？アルマダ牽引機に自動監視装置が搭載されていて、機雷を探知し、最後の瞬間に回避コースをとったりするだろうか？

機雷はこのふたつしかない。失敗すれば、惑星ナンドには数時間で悪魔が解きはなたれるだろう。そうなったらロワ・ダントンは《サンバル》を投入するしかなくなる……それはかれがなんとしても避けたがっていた事態だ。

探知スクリーン上に赤い火花が散った。一瞬前まで機雷とプロジェクターの光点があった場所にちいさな閃光が表示される。ブラドの両手がシートの背もたれをつかんだ。唇を嚙み締める。一プロジェクターを破壊したのだ。これであとは……

第二の光がごくちいさくひらめいた。ブラドは画面を見つめ、光点がふたたびあらわれるかどうか、不安いっぱいのまま待ち受けた。

なにも起きない。ほっとして、安堵感がこみあげてきた。心の声に耳をかたむける。気楽な高揚感は消え、かわりに勝利のよろこびがあふれていた。

＊

ロワはなにかが変化したのを感じたが、最初それがなんなのかわからなかった。不思議そうに顔をあげると、ほほえんでいるナオミ・ファースと目が合った。

「フラッシュがやったようです」

ああ、そうか、ブラドがやり遂げたのだ！　最悪の状況さえバラ色の光でつつみこむ、自己満足的な気楽さは消え失せていた。ロワはこの間ずっと理性が半分くらいしか働いていなかったことを悟った。のこる半分は惑星の同期軌道上にいるプシ・プロジェクターが送りだす、邪悪な暗示の影響を受けていたのだ。ナンドの危機的な状況が、不安とともにあらためて意識の前面に浮上した。いい兆候だ。ブラド・ゴードンが両プロジェクターの破壊に成功したということ。

「走っている者がいます」フェダー・ナプサスが報告した。「一ナンディルです」

グライダーは谷の東側の丘の頂上から二、三百メートル下の、草も木もない岩盤の上を通過していた。ちいさくナンディルの姿が見える。そのからだは朝の陽光を反射して、ゴールドがかったブロンズ色に輝いていた。向こうも気づいたようだ。足をとめ、恐れるようすもなくグライダーを待っている。

「崖に向かっていたようです」と、ナオミ。「ゆうべ話をした二体のどちらかでしょう」

ロワはグライダーを着陸させた。ハッチが開く。フェダーはもうトランスレーターを手に待機していた。

「きみはどっちだ？」と、たずねる。「ヴリッシか、シドリか？」

「シドリだ」ナンディルが答えた。「あなたたちのところに行こうとしていたが、いまはわかった……突然もう……なぜなのか」

その告白があまりにもあけっぴろげで率直だったため、ロワは懸命に笑いをおさえなくてはならなかった。

「きみの混乱の原因はわかっている」かれはトランスレーターに向かっていった。「説明するから、いっしょにくるか？」

「そうさせてもらう」と、シドリ。

シドリは臆することなくグライダーに乗りこんだ。その体験をぼそぼそと話すのだが、トランスレーターは対応しきれなかった……まだ語彙の二十パーセントを推測にたよっているのだ。

「ヴリッシは高い木々の民、浅い湖の民、砂漠の洞窟の民にメッセージを送った。そのあと赤藪谷の民を連れて、顕現体を拝礼するため出発した。わたしは疑っていた。金属体と顕現体には関係があるのではないかと思ったから。金属体はあなたたちの下僕ではないのだろう？　リルディの畑をめちゃくちゃにし、作物をだいなしにしたのも、あなたたちではないのだろう？　あんな下僕を連れている顕現体とは、いったいどんな存在なのか？　だが、ヴリッシにそう話してもむだだ。納得しない。それに、わたしも顕現体は善だと感じていた。それでも疑いつづけた。

われわれはあの巨大なまるいものが地面に居すわっている場所に近づき、砂を手にとって振りかけようとした。そうすれば顕現体もわれわれの感謝に気づくはず。そこに金属体がやってきて、われわれを気絶させた。なにが起きたのか、長いことわからなかった。やがて気がつくと、金属体は消えていた。顕現体は呼びかけてきたが、わたしはもう信じなかった。だからあなたたちのところに行こうとした。助けてもらおうと思って。それが、いまは……」

「意識に影響をあたえる方法があるのだ」ロワが混乱しているシドリにいった。「きみたちが顕現体と呼んでいるものは、実際にはマシンで……この世界を破壊する任務を負った物体だ。マシンの支配者はきみたちが抵抗するのを嫌ってべつの物体をさしむけ、きみたちを幸せな気分にさせて、この世界に偉大なる宇宙の母の顕現体があらわれたと思いこませた。きみたちをだましたのだ。だが、その欺瞞《ぎまん》はすでに破れた。意識に影響をあたえていた物体を、われわれが破壊したから」

シドリの有柄眼が前後に揺れている。説明が理解できたのかどうか、よくわからなかった。ロワはつづけて、

「欺瞞がなくなったいま、ヴリッシも仲間といっしょに居住地に帰るだろう。もう安全

だ」

「それはどうかな」と、シドリ。「欺瞞に気づいた者たちは腹をたてるかもしれない。顕現体と誤解した物体に突撃し、破壊しようとすることも考えられる」

「ばかな」ロワはぞっとしてつぶやいた。「全員、殺されてしまう」

「浅い湖の民、砂漠の洞窟の民、高い木々の民……かれらもやってきて、赤藪谷の民と同じように怒って、いっしょに偽の神に向かっていくだろう」

ロワはちいさくうめき、

「急げ」と、自動操縦装置に指示。

グライダーが勢いよく加速した。

＊

ワルケウンは不機嫌だった。このところ、いろいろなことがうまく進んでいない。

最初はアルマダ作業工の消失だった。かれが自由にできる作業工はたくさんいるが、その数がわずかに減っていたのだ。ワルケウンをとまどわせたのは、ロボット消失の状況の奇妙さだった。記録を見ると、消えたのは採鉱ロボットが着地している場所のすぐ先にある谷のなかだった。また、最後のインパルスを発する前にエネルギー兵器を使用している。こんな原始的な砂漠惑星で、アルマダ作業工はなんに対してブラスターを発砲したのか？　最後のインパルスが発信された場所の近くで、同じときに土砂崩れが発生している。これはロボットの消失と関係があるのか？

　次に消失したのはプシ・プロジェクターだった。その任務は原住種族の疑念をおさえ、採鉱ロボットの作業を受け入れさせることだ。これは予想以上にうまくいった。谷の住民の宗教的情熱に火をつけたのだ。かれらは採鉱ロボットを、現世にあらわれた一種の神と信じた。いちばん北側で接地した脚のひとつに、礼拝のため近づいてきたほどだ。これにはアルマダ作業工が介入し、やめさせなくてはならなかった。基本プログラミングに組みこまれている倫理条項のせいで、ドライドオグはロボットに麻痺銃しか使わせなかったが。

　そのあと予想もしなかったことが起きた。両プシ・プロジェクターがどちらも破壊されたのだ。測定データから、原因は比較的単純な方法で射出された通常核爆弾と判明。いつのまにか同期軌道に入りこんでいて、監視装置は作動していなかった。それなりに高度な技術手段による攻撃は予期していなかったから。

　ワルケウンはこの不手際に対し、ただちに対応策をとった。異物体を発見したらすぐに警報を発することにしたのだ。かれの怒りの火に油を注《そそ》いだのは、爆弾がどこで同期軌道に乗ったのか、測定データから割りだせなかったことだった。惑星の反対側から周回してきたことはわかっている。地表から打ちあげられたのか？　ワルケウンは採鉱ロボットを降下させる前に、砂漠惑星をくまなく調べあげていた。初期の技術文明さえ見当たらなかった。つまり、爆弾は惑星外から送りこまれたことになる。だが、どこから？

〝オルドバンの息子〟と自称するアルマダ工兵たちは、大昔から無限アルマダ内で特別な地位を占めてきた。特権を享受し、ほかのアルマディストよりも大きな自由裁量権を有している。かれらの行動をじゃまする者はいなかった。とりわけ、トリイクル9を通過してアルマダ中枢が沈黙し、無限アルマダの中心的な権力が存在しなくなってからは。したがって、ワルケウンがしばらくとほうにくれたのも無理はなかった。これまで経験したことのない問題に直面したのだ。アルマディストがかれのプシ・プロジェクターを破壊するなどということは考えられない。当然、例の異人が思い浮かんだ。わずか二万隻の小集団で〝銀河系艦隊〟を名乗り、トリイクル9の反対側で無限アルマダと対峙《たいじ》した者たち。その銀河系船団は、無限アルマダとともにトリイクル9を通過した。その宇宙船は無限アルマダの領域内にも幅ひろく散開していた。最初からたいした脅威ではなかったし、いまはすっかり無力化されている。ただ、ごく最近になって、深刻な報告ももたらされていた。

オルドバンの息子たちはきわめて限定的な、ちいさなサークルだ。そのなかで起きたことはすぐにサークル全体に伝わる。二名のアルマダ工兵、ショヴクロドンとヴァークツォンが、ここ数日から数週間のあいだに、銀河系船団に所属するきわめて頑固で危険な構成員と遭遇したという。二名とも、最後の瞬間にかろうじて脱出することになった。

異人のなかでも、とくに目立つ個体がいる。ペリー・ローダンと呼ばれる男だ。ヒューマノイドで、記録されているほかの異人も同様だが、外観はアルマダ工兵と驚くほど似ている。ただし体毛があり、オルドバンの息子たちのような銀色の体色はしていない。ペリー・ローダンは《バジス》と呼ばれる巨大宇宙船の指揮官である。ショヴクロドンはその宇宙船を自分の目で見ており、ヴァークツォンは〝まだら〟を通じて知ったという。かの巨大宇宙船は無限アルマダが遭遇したなかで、もっとも危険なもののひとつだ。

どこか近くに《バジス》がいて、ペリー・ローダンが介入している可能性を考慮すべきだろうか？

ばかな！　《バジス》ほどの巨大船が近くにいれば、発見できないはずがない。銀河系船団のべつの宇宙船、もっとずっと小型の艦がこのあたりにいると考えるのが自然だ。

自分を探しているのだろう。オルドバンの息子たちは緊急に新鮮な原材料を必要としている。惑星ナンドでの採鉱作業をじゃまさせるわけにはいかなかった。

ワルケウンは命令を発した。アルマダ作業工を乗せてナンドの周回軌道上にいたグーン・ブロック六機が行動にうつる。めざすのは星系のほかの五惑星と、惑星間空間である。

「なにかが存在するなら、かならず発見しろ！」ワルケウンはそう厳命した。

＊

「これは……こんなのはばかげている。胃が痛くなりそうだ」フェダーが驚きと憤慨に満ちた顔でかぶりを振って、こぶしを作業台にたたきつけた。

ロワがその音を聞きつけた。フェダーが巨大シリンダーの横のハッチにかかった施錠機構のコードを解析しているのは知っていた。

「どうした？」と、好奇心からたずねる。

「見てください」と、フェダー。「ここに〝ピン〟と呼ばれる針状の端子が、十六本ずつ三組あります。このピンのそれぞれに、1または0の値《あたい》が設定されています。最初のふた組はこうです。

1011011100101001
0100100011010110

三組めは使われていません。そこにハッチを開くためのコードを入力するわけです。コードは最初のふた組から導かれるか、またはなんらかの演算によってひと組めとふた組めの値いを入れ替える値いが使われます」

「なるほど」ロワはうなずいた。「そんな古めかしい方法が使われているというのは驚きだな」

「あの怪物がどれほど古いものか、だれも知りませんからね。数千年はたっているでしょう。アルマダ工兵は最強の存在だったでしょうし、逆らう者はいなかったはず。つまり、不法侵入しようとする者がいないのに、セキュリティを強化する必要がありますか？

さて、話をつづけると、知りたいのは第一に三組めの数値で、第二に演算内容です。それは数学的なもの……つまり四則演算……か、あるいは論理演算、いわゆるブール演算でしょう。論理積、論理和、排他的論理和などの、あれです。可能な演算をすべてためしてみて、のこった解法はひとつだけでした。あまりに信じられなくて、髪が抜けそうですよ」

「なにがそんなに信じられないんだ？」ロワがとまどってたずねる。

「お見せしましょう」フェダーは楽しそうだ。「これはブール演算です。ふた組のうち最初のは数値、ふたつめが演算結果です。発見したコードは数値から結果をもとめる演算になります」

それがどれほど信じられない発見かということを強調するため、かれは筆記具を手にとり、画面上ではなく筆記フォリオで説明を試みた。注意深く、こう書きこんでいく。

所与の数値……1011 0111 0010 1001

発見したコード……NAND＝1011 0111 0010 1001

演算結果……0100 1000 1101 0110

「まさか！」と、ロワ。「偶然なのか？」

「それ以外に考えられますか？」

「しかし、これは……これは……」

フェダーはにやにやしながらうなずいた。

「この結果を見たわたしがどんな気分だったか、これでわかったでしょう」

「ほんとうに偶然といいきれるのか？」ロワは食いさがった。

「テラナーが〝否定論理積〟のことを〝NAND〟すなわちナンドと呼んでいると、どうしてアルマダ工兵が知っていたはずがあります？」

インターカムの画面が明るくなり、ナオミの顔があらわれた。表情が暗い。

「まずいことになりそうです。見てください」

ナオミが画面上に表示させた映像は五台のマイクロゾンデが撮影した記録をまとめたものだった。谷の南側の出口とその先の砂漠を、巨大なロボット採鉱施設の上空から撮影している。

*

「シドリを呼べ」と、ロワ。

映像を操作して、アルマダ作業工がヴリッシたちを麻痺させた場所を拡大表示する。そこにもうナンディルの姿はなかった。あちこちにカメラを動かし、ようやく二百体のナンディルの姿をとらえる。かれらは触手が着地している場所を通過し、さらに南に向かっていた。密集隊形をとり、明確な目的地があるようだ。シドリの予想どおりだった。脳内にささやきかける声がなくなってだまされたことに気づき、憤激している。

記録映像が移動し、べつの三百体強のナンディルの一団をとらえた。さらに三つめの集団も軍隊アリのように北に向かっている。いずれも目的地は巨大な中央シリンダーの東側のはしらしい。

ロワはキチン質の体表がたてる音でシドリに気づいた。

「この集団が何者なのか教えてもらいたい」と、ロワ。

シドリはこの二時間ほどでスペース＝ジェットの内部にだいぶ慣れていた。テラナーの技術は魔法のように見えるはずだが、もうほとんど驚きは見せない。作動原理はわからないが、どういうものかは理解したようだ。ロワにとっては最高のパートナーだった。わけがわからないまま、表面的な用途の理解ですべてを受け入れている。

シドリはスツールに跳び乗ると、いちばん上の右腕をあげて軍隊アリの群れを指さした。

「これは浅い湖の民、いちばん大きな集団だ」と、トランスレーターから声が流れる。把握器官が左に動いた。「こっちは高い木々の民、そしてこれは……」

「ヴリッシと赤藪谷の民だな」ロワがあとを引きとった。「それはわかっている。砂漠の洞窟の民はどこだ？」

「かれらは数がすくない。それに、見えないだろう。砂漠の洞窟の奥に住んでいて、からだの色が砂漠と同じになっているから」

アルマダ作業工が前進してきた。ナンディルの行進はもうたくさんだと考え、じゃまな侵入者の一掃を決意したようだ。さらに予期しない援軍もきた。ヴリッシが仲間とともに歩いているすぐ横にあった触手アームが、轟音とともに砂漠の表面から持ちあがり、ゆっくりと上昇を開始したのだ。赤藪谷の民のあいだにパニックが生じ、全員がばらばらに逃げだした。

アルマダ作業工はその機を逃さなかった。次々に降下し、それぞれ一、二体のナンディルをつかまえて飛び去る。ロワは茫然とその光景を眺めた。西方向に伸びた触手のひとつで大きなハッチが口を開き、ナンディルをつかまえた作業工がそのなかに消えていく。すぐに同じ……あるいはべつの……作業工がもどってきて、さらにべつの原住種族をハッチ内に運びこんだ。ロワは自分の目が信じられなかった。アルマダ作業工が人質をとっている！

だが、事態はさらに悪化した。浅い湖の民の隊列はすでに赤藪谷からきたナンディルにかなり接近していて、轟音を耳にすると、臆することなく突進した。映像を拡大してみると、棍棒や投石器で武装しているのがわかる。非現実的な戦いが生じた。アルマダ作業工は地上から遠くはなれていて、棍棒を振りまわしてもとどかないので、ナンディルたちはそれをロボットに投げつける……ロワの目に涙が浮かんだ。不公平なほど圧倒的な技術力に対する、正当な怒りと原始的な武器！　投石器で武装した者たちは弾丸を袋に入れてぶらさげていた。砂漠には石がないから、持ってくるしかない。かれらは散開し、アルマダ作業工に向けて攻撃を開始した。

エネルギー・ビームがひらめく。ナンディルが突撃する。戦闘は死傷者必至の状況になった。

「ナオミ、フェダー……出撃準備！」ロワが叫んだ。

真剣なまなざしで司令室に飛びこむ。泣いている場合ではない。

「フラッシュ、緊急事態だ。以下のメッセージをただちに《サンバル》に送れ。〝ワルケウンのグーン・ブロックを全力で攻撃せよ。目的はアルマダ工兵のナンドにおける行動の抑止〟」

「わかりました」ブラドはうなずいた。

「《サム＝Ⅲ》のスタート準備をたのむ。呼んだらすぐに救援にきてくれ。状況に応じて、臨機応変に行動しろ」

「了解」ブラドが簡潔に応じる。

ロワはグライダーが置かれたちいさな格納庫に向かった。ナオミとフェダーがそのあとを追う。機敏なシドリの姿はだれも見ていなかった。かれもついてきたことにロワたちが気づいたのは、グライダーがすでに《サム＝Ⅲ》から二キロメートルほどはなれたときだった。

＊

グライダーは谷底ぎりぎりの高度で南に向かった。目的地は自動操縦装置が知っているから、指示を出す必要はない。ロワは右腕になにかが触れるのを感じ、振り向いた。シドリがかれの腕を押している。有柄眼がテラナーのほうを向き、洋梨形の頭の付け根にある聴覚器官である細かな毛が興奮に震えていた。ささやくような声がロワにたずねる。

「閃光が見えた。浅い湖の民が突進するのも。なにが起きている?」

「金属体は本気だ」と、ロワ。「エネルギー兵器を使った。浅い湖の民を何体か殺したようだ」

「殺した?」と、シドリ。「砂嵐や流砂がするようにか?」

「そうだ」ロワは奇妙な比喩に驚きを感じた。

シドリは向きを変え、機内後部に引っこんだ。不自然に背をまるめている。ロワは心配になって声をかけたが、返事はなかった。驚いて、ナンディルのこの奇妙な態度はなにを意味するのかと考える。やがて徐々に理由がわかってきて、かれは深い感動をおぼえた。

ナンディルは惑星全体に分布して、部族単位で生活している。各部族は惑星にひろがる砂漠のなかのオアシスを拠点とし、その多くは谷を形成していて、そこにだけはなぜか定期的な降雨があり、植物が繁茂している。ナンディルがどうやって知性体に進化したのかは不明だ……かれら自身にもわからないし、別系統の進化を遂げた動物相も見当たらない。確実なのは、部族間の交渉がほとんど存在しないことだった。赤藪谷の民がときおり谷の外に出て、浅い湖の民など、ほかの部族にくわわることはある。近親交配を避けるための自然の摂理だろう。だが、それ以上の接触はなかった。一部族がべつの部族と戦うという意味での〝戦争〟という単語は、ナンディルの言語には存在しないのだ。

これはナンディルが不慮の死というものを知らないということではない。それはさまざまなかたちで存在するから。シドリが口にした流砂や砂嵐はもちろん、崖からの転落、採鉱のために掘った坑道の崩落、原始的な金属精製で起きる溶鉱炉の爆発など、死因はいくらでもあるだろう。

ただ、ナンディルは意図的な殺害というものを知らなかった。ある生命体がべつの生命体の命を奪うことによる死。ナンディルの素朴な精神がアルマダ作業工を生命体と認識するかどうかについては、議論があるかもしれない。だが、そんなことはどうでもよかった。シドリにショックをあたえたのは、〝金属体〟が武器を使ってナンディルを……自分たちの兄弟である浅い湖の民を、殺したという事実そのものだった。

ロワはかぶりを振った。気分が悪くなってきた。圧倒的に有利な文明がすべてを手に入れるために、なんの罪もないナンディルが楽園から追放されようとしている。

ロワはシドリを探して機内を見まわした。最後尾のシートの上でうずくまり、有柄眼も引っこめている。その姿に同情を感じたかったが、そうはならず、苦い怒りにとらわれた……自分たちの欲望と目的のため、ほかの知性体を操ろうとする侵入者に対して。

外の砂漠ではカオスが猛威を振るっていた。十六本の触手は鳴動して砂漠の土砂を吸いこみ、利用価値のある原材料は巨大シリンダー内に送られて、こぶし大の球体に加工される。廃棄物は高さ五十メートルほどの山になっていた。ときおり鋭い音が響くのは、皿状先端があらたな目標を発見し、砂漠に次の穴を掘りはじめるときだ。そんな穴がすでに十五個ほど見えている。廃棄物の山も、隣接する山とつながりはじめていた。

＊

アルマダ作業工はそこらじゅうにいた。怒ったスズメバチのように動きまわってナンディルを狩っている。原住種族側は自分たちの無謀さに気づいたようで、撤退を開始した。砂漠には身動きしないナンディルがあちこちに倒れている……作業工による仮借ない一方的な戦闘の犠牲者だ。

シドリは衝撃を克服し、ロワの隣りで映像を見つめていた。その内心はどれほどのものかとロワは思った。これまでずっと、同じような日々を送ってきたのだ。巨大ロボットの周囲で起きている混乱は、シドリにとって、とても現実とは思えないものだろう。

いまのところアルマダ作業工はグライダーに気づいていない。ナオミは自動操縦を切って手動で操縦していた。前方の採鉱マシンの南端あたりに、ばらばらになって逃げるナンディルの集団が見えた。十体のアルマダ作業工がそれを追跡している。エネルギー兵器の閃光がはしった。

「後方から接近しろ」と、ロワ。その声は不自然なほどおちついていた。「攻撃開始！　こんどばかりは思惑どおりにはさせない」

グライダーが側面にまわりこんで攻撃。アルマダ作業工の注意は逃げるナンディルに集中していた。主人であるアルマダ工兵同様、まともな反撃などないと信じていたのだろう。フェダーとロワの狙いすました攻撃で二体が爆発した。のこりはばらばらに散らばり、安全な距離をとって隊列を再編する。だが、ナオミは余裕をあたえない。グライダーはその背後にまわりこんだ。さらに三体が炎をあげて爆発し、のこる五体はすぐさま姿を消した。ポジトロニクスがもう捕らえる対象は存在しないと判断したのだろう。

ナオミが機体を旋回させる。だが、地上を見わたすと、ロワは逃げるナンディルを安全な場所までエスコートするつもりだった。百体はいたナンディルの姿はどこにもなかった……アルマダ作業工に撃たれ、横たわったまま身動きしない二体をのぞいて。どこに消えたのか？　南側はどこまでもつづく砂漠で、身をかくす場所などない……

シドリはかれの驚きを感じとったようだった。

「砂漠の洞窟の民だ」

ロワが理解するのに一瞬の間があった。

「砂漠の洞窟の民が助けたというのか？」と、信じられない思いでたずねる。

「そうだ」シドリが答えた。「兄弟たちがあぶない目にあっているのを知って、かくれ場を提供したのだ。かれらは砂に穴を掘るのがとてもうまい。鉱石探索者であるわたしよりも。もっと近づけば、砂漠の下にななめに掘られたたくさんの穴があるのがわかるはず……」

「たしかめている時間はなさそうです」ナオミが口をはさんだ。「あれを見てください！」

顔をあげたロワは、北から多数のアルマダ作業工が近づいてくることに気づいた。狙いは明らかにグライダーだ。数は二百体というところだろう。

「数が多すぎるな。ここは勇気を見せるより、撤退するのが賢明だ。ナオミ、西に逃走コースをとれ。フェダー、ブラドを呼びだせ。手助けが必要だ」

5

地表近くに見えるのはグライダー一隻だけだったが、ワルケウンはそれが宇宙船に搭載されて惑星ナンドにやってきたものと確信していた。原住種族は独自の飛行技術を有していないから。飛翔体出現の第一報をもたらしたのはドライドオグだった。グライダーは逃げまどう原住種族の群れに明らかに味方しており、アルマダ作業工五体を破壊した。

「あの飛翔体をただちに撃墜するのだ」ワルケウンは憤然として叫んだ。「たたき落とせ。何者が乗っているのか知りたい」

ドライドオグは命令を受領し、十分後、ふたたび報告してきた。

「飛翔体が採鉱ロボットの作業範囲外に出ました」

「撃墜できなかったのか？」アルマダ工兵がどなる。

「突然に動きだして回避機動しながら、こえられない境界線の向こうに出てしまいました」

「境界線から出るなとだれがいった?」と、ワルケウン。

「基本プログラミングがそうなっています」ドライドオグが平然と答える。

ワルケウンはすぐに通信を切った。自分が介入する潮時らしい。古い基本プログラミングを搭載したアルマダ作業工は次々と問題を引き起こしてくれる。ドライドオグのスイッチを切れば、ほかのロボットは無条件に命令にしたがうはず。ただ、ひとつだけ考えておくべきことがあった。ドライドオグを停止させる前に、採鉱ロボットの制御を引き継いでおく必要がある。さもないと地上はカオスになるだろう。

かれはみずからグーン・ブロックで惑星ナンドに着陸することにした。

準備を開始して半時間が過ぎても、異宇宙船の調査に送りだしたアルマダ作業工から報告はなかった。そのとき突然、警報ランプが点灯した。ロボット音声が流れる。

「未知宇宙船がアルマダ工兵ワルケウンのグーン・ブロックに直進してきます。警告! 防御バリアを作動させます」

次の瞬間、はげしい衝撃で機体が揺れた。ワルケウンは床に投げだされ、わずかのあいだ意識を失った。気がつくと、異人の攻撃に応戦する砲撃音が聞こえた。急いで司令室に駆けこむ。コンピュータのスクリーン上に球型宇宙船がうつっていた。いまはまだ数千キロメートルはなれているが、かなりの速度でグーン・ブロックに接近してきている。その船体はグリーンとヴァイオレットのバリアにつつまれていた。ワルケウン側の砲撃でバリアが揺らめくのがわかる。だが、手持ちの武器では未知宇宙船の防御を突破できないこともわかっていた。

ここで戦っても意味がない。逃げだすのが得策だ。かれはグーン・ブロックの自動操縦装置に目的ポジションを告げた。またしてもビームが命中し、バリアを震わせる。グーン・ブロックは降下して、惑星の反対側に逃れた。

＊

赤外線が周囲のようすを奇妙な色合いで表示した。

「さらに二体いました」ナオミ・ファースがそびえる岩の下をゆっくりと移動するナンディルのちいさな姿を指さす。

「これで百四体か」ロワ・ダントンはため息をついた。「心の底まで恐怖が染みこんだようだ。故郷にもどる気になるには、かなり時間がかかるだろう」

《サム＝Ⅲ》は谷の南西側出口の山陰に着陸していた。惑星ナンドの短い昼間はすでに終わり、夜が訪れている。ロワとナオミはすでに一時間以上、全周スクリーンの前にすわり、赤藪谷の民が次々と、二、三体ひと組になって居住地にもどっていくのを眺めていた。砂漠の戦いは終わった。ナンディルたちは重装甲のロボットに棍棒と石で立ち向かってもなんにもならないことを思い知ったはず。そのために犠牲者まで出すことになった。五十体を超える仲間が赤褐色の砂漠で、作動原理さえわからない武器にやられて倒れたのだ。

グライダーの帰途は平穏なものだった。アルマダ作業工を速度で上まわっていたし、それ以前に樽形ロボットは、巨大採鉱ロボットの作業範囲の外に出ることを禁じられているようだった。グライダーは谷の南西側出口にいちばん近い山陰に飛びこんだ。作業工はとっくに追跡をあきらめている。すぐに《サム＝Ⅲ》が見えてきた。ブラド・〝フラッシュ〟・ゴードンから、《サンバル》が最外縁の惑星軌道を通過し、ワルケウンのグーン・ブロックに向かっていると報告があった。

それが真夜中の一時間半前のことだ。ロワには《サンバル》の到着を待つ気などなかった。夜のあいだに巨大ロボットの中央シリンダーに潜入するつもりだ。そうすればいくつかの目的を同時に達成できる。第一。採鉱ロボットは自給自足式飛行物体で、搭載コンピュータの記憶バンクには、それがどこからきて、ナンドの次はどこに向かうのかといったデータがおさめられているはず。ロワはさらにそれ以上の情報も入手できるものと期待していたが、航行データだけでもアルマダ工兵のシュプールを知るには充分だ。採鉱ロボットは宇宙空間では活動しない。出発ポジションと目的地のそれぞれに銀色人が存在しているはず。

第二に、アルマダ作業工の捕虜になったナンディルが監禁されている場所を探すことができる。前日の昼の襲撃で、ロボットは百体ほどの原住種族を捕獲した。連れ去られた者たちは巨大ロボット内部のどこかに閉じこめられているはず。かれらを発見し、解放しなくてはならない。採鉱ロボットを破壊する決定的な一撃をくわえるのはそのあとだ。

今回はナオミが《サンバル》との連絡役として《サム＝III》にのこることにした。シドリもいっしょだ。かれはまだ居住地にもどる気分ではないようだった。

＊

グライダーが巨大ロボットの中央シリンダー上空に浮遊している。ハッチは開いたままだ。ロワは自動操縦装置に、自分たちが外に出たら《サム＝III》に帰還するよう指示していた。

まずフェダー・ナプサスがハッチから夜のなかに身を躍らせる。小型のコード発生装置を持ち、それを使ってシリンダー壁面のハッチの施錠機構を解除する予定だ。ブラド・ゴードンがかれにつづいた。ロワが最後だ。背嚢のグラヴォ・パックが自動的に作動する。三人のテラナーは同じような低速で降下していった。ロワは顔をあげ、グライダーが引きかえしていくのを見送った。機影は数秒で闇にのまれた。

ロワたちは宇宙ハンザの〝軽戦闘服〟を着用していた。ヘルメットには呼吸・環境補助装置が装備され、本体には中強度の個体バリア・ジェネレーターがとりつけられている。武器としては分子破壊銃とブラスターを切り替えられるコンビ銃と、麻痺銃を携行した。この小部隊を編成するさい、ロワが重視したのは火力ではなく、敏捷性《びんしょう》だった。

シリンダーの頂上ドームの途中まではさほど危険ではないが……太陽灯の高さを過ぎるとやや危険が増す。そこから先は光のなかを降下するため、アルマダ作業工に発見される可能性が高くなるのだ。ロワは大胆な行動でその危険をちいさくしようとした。太陽灯のフードの直上でグラヴォ・パックの反重力を最小レベルに落とす。からだは自然の重力のまま、石のように落下した。シリンダーの黒い頂上ドームがすさまじい速度で近づいてくる。

シリンダー頂上に到達。突起か窪みか、溝のようなものを探す……とにかく影をつくっていて、身をかくせる場所を。頂上から八十メートルほど下に馬蹄《ばてい》形の窪みが見つかった。グラヴォ・パックを調整し、その部分に向かって滑り落ちる。最後の瞬間に最大価で反重力を作動させた。衝撃で肺から空気がたたきだされる。からだが黒っぽい金属表面の数メートル上に浮遊した。さらに細かく出力を調整し、窪みのなかに着地する。

フェダーとブラドもそれにつづいた。しばらくは影のなかで闇に目を慣らす。発見されただろうか？　周囲には巨大ロボットの作動音が絶え間なく響いていた。ロワはまぶしく照明された場所を薄目で見た。発見されていたら、すぐにもアルマダ作業工があらわれるはず。

なにごともないまま一分が過ぎ、ロワはほっとした。小型アームバンド・テレカムを口もとに近づける。

「こちらロワ。どうやらうまくいったようだ」

ナオミからの応答を待ったが、受信機は沈黙したままだ。もう一度呼びかけたとき、奇妙な音が聞こえた。

採鉱ロボットの作動音のなかでも聞こえるということは、かなりの大きさということになる。聞こえるのは上方からで、徐々に大きくなっている。脈動するような鼓動音だ。それは大型グーン・ブロックに特徴的な音だった。

＊

闇のなかから降下してきたのは轟音をあげる怪物だった。太陽灯の光を受けて、その巨体のすくなくとも一部が見えるようになる。光のなかに浮かびあがったのは一辺が四百メートルの四角い輪郭だった。青白い太陽灯の光が滑らかな金属表面に反射する。

グーン・ブロックだ！

ただのグーン・ブロックではない、と、ロワは思った。これだけのサイズのものは、ナンド星系には一隻しか存在しない。ワルケウンの乗り物だ。ロワはその巨大さに見とれていて、アームバンド・テレカムから聞こえるちいさなさえずるような声にしばらく気づかなかった。はっとして腕をあげ、応答する。

「ロワだ……どうした、ナオミ?」

「《サンバル》がワルケウンの乗り物を攻撃しました」ナオミの興奮した声が響く。「アルマダ工兵は反撃らしい反撃をせず、逃走しました。《サンバル》はナンドの陰で一時的にその姿を見失い……」

「だが、いまはもう見つけた。そうだな?」ロワは笑い声をあげた。

「画面にはっきりうつっていますから。《サンバル》が指示をもとめています」

「充分に注意して軌道高度をさげ、出撃部隊の準備をさせろ」と、ロワ。「ワルケウンはみずからナンドの作戦の指揮をとるつもりだろう。厄介なことになるかもしれない。いつでも着陸部隊を出せるようにするんだ。それには……待て、ナオミ。なにか起きた。また連絡する」

　巨大な箱形のグーン・ブロックが停止した。四角い底面がシリンダーの頂上から百メートル上に浮かんでいる。まるで巨大な黒い虚無が太陽灯の光を切りとったかのように、輪郭だけが明るく見えている。闇のなかにひとつ、光点が生じた。ハッチが開いたのだ。そこになにかの影があらわれる。ヒューマノイドだが……距離があるため、それ以上のことはわからない。ただ、その頭上には印象的な明るさのアルマダ炎が燃えていた。

人影がハッチの四角い光のなかからゆっくりと降下してくる。その姿はすぐにシリンダーのドームの向こう側に消えたが、その前に一瞬だけ光のなかに浮かびあがった。テラナー三人がいる場所からの距離は二百メートルたらずだ。ロワの目は鋭く、無毛の頭部の銀色の皮膚を見逃さなかった。

グーン・ブロック底部の光点が消える。しばらく前からややしずまっていたエンジン音がまた大きくなった。巨大なブロックがゆっくりと上昇していく。やがてそれは見えなくなり、あとには太陽灯の光だけがのこされた。採鉱ロボットの作動音に変化はない。ロワはアームバンド・テレカムを口もとに近づけた。

「ナオミ、グーン・ブロックはどこに向かってる？」

「高度八百メートルを維持して、西です」ナオミの声はおちついていた。「どこか近くに着陸するつもりでしょう」

二分が経過し、またナオミから連絡があった。

「降下を開始しました。前進はとまっています。中央シリンダーから二十五キロメートル地点です」

グーン・ブロックが見えてきた。降下したため、ふたたび太陽灯の光のなかに入ったのだ。二十五キロメートルはなれていても、やはりその姿は息をのむほど巨大で力強かった。砂漠の表面に向かって降下していく。バリアの淡い輝きが見てとれた。赤褐色の砂漠の二十メートル上で巨体が静止する。脈動する轟音がややしずまった。

ロワは息をのんだ。自分の幸運が信じられない。巨大ロボット内部でアルマダ工兵のシュプールを探すつもりだったのに、はるかに直接的で信頼できるシュプールが見つかる可能性が出てきたのだ。採鉱ロボットの記憶バンクにあるデータなど、アルマダ工兵のグーン・ブロックにあるはずの秘密データにくらべたら、なにほどのものでもない！

「スタート準備だ。ワルケウンの乗り物の内部を調査する」

「なぜです？」ブラドがたずねた。「ワルケウン本人が目と鼻の先にいるのに。データを引きだすだけなら……」

「それにはアルマダ工兵を見つけださなくてはならない」ロワは中央シリンダーの黒い壁面を指さした。「何立方キロメートルという大きさだ。かんたんなことだと思うか？」

＊

一行はグーン・ブロックの影にかくれて西側から接近した。いまのところ発見されたようすはない。ワルケウンの到着で、アルマダ作業工のあいだにかなりの混乱が起きているようだ。たぶん新しい命令が出たのだろう。それまでのナンディルへの対応や、まだ正体不明の敵への対策は、ずいぶん微温的に思えたから。作業工全体に新しい命令がいきわたるには時間がかかる。いまはこちらへの注意がおろそかになるだろう。

グーン・ブロックの西壁にそって上昇し、上部デッキに着地。十六ヘクタールの四角い上面の中心にアンテナらしい突起がいくつか見える。そのすぐ近くに入口が見つかった。フェダーがロックを調べる。蓋で閉じられた凹部があり、そこに色の異なる六個のタッチパッドが見えた。かれはでたらめに指でパッドを押した。

低い音とともにハッチが開いた。ブラドは驚いて脇により、あやうくバランスを崩しかけた。

「ばかどもめ」フェダーが毒づく。「侵入者などいるはずがないと高をくくって、施錠機構にまったく気を配っていないんだ」

三人は照明されたエアロック内に入った。グーン・ブロックは大きさに関係なく、すべて同じひな型をもとに製造されている。これはグッキーが無限アルマダの奥深くに潜入して得た情報だ。そのことがロワたちの助けになった。道がわかっているので、通廊や反重力シャフトを抜け、最短距離で司令室に向かう。グーン・ブロックの上方、三分の一のところだ。

ロワはそこにアルマダ作業工がいると思っていた。ワルケウンがひとりきりとは考えにくい。アルマダ工兵は単独行動が基本だが、つねに多数のロボットをしたがえている……銀色人が独自に製造したもののほか、既存のアルマダ作業工を再プログラミングしたものもある。

司令室は正方形で、すでによく知っているアルマディストの宇宙航行装置がならんでいた。ロワはこの機の持ち主がちょっと外出しているだけで、すぐにもどってくるはず、という奇妙な感覚にとらわれた。制御ランプが明滅し、デジタル表示がしきりに変化している……次の瞬間にエンジンが轟音をたてて動きだしても驚かないだろう。アルマダ作業工に気づかれなかったのはそのせいかもしれない。ロボットはすべて持ち場につき、スタートにそなえているのだ。

フェダーも同じことを感じていたようだ。

「できるだけ手早くすませましょう。だれかの息が頸筋にかかってる気分です」

そういって、作業を開始する。巨大ロボットの記憶バンクをのぞき見ようと準備した装置が役にたった。ブラドが情報を探り、ロワが見張りに立つ。驚いたことに、司令室には一方向からしか出入りできなかった。それも、これまでに数回は目にしてきている、アルマダ工兵の傲慢さのあらわれだろう。

半時間が過ぎた。フェダーはデータ記憶媒体を次々と交換し、搭載コンピュータの記憶バンクから吸いあげた情報を記録していった。やがて装置をかたづけ、コンピュータをもとの状態にもどして、息をあえがせながらいう。

「きょうはこのくらいで。これ以上は無理です」

司令室の奥の壁には隙間があった。偶然その方向を見ていたロワは、隙間が徐々にひろがり、うねる触手があらわれたのに気づいた。無警告で発砲。おや指ほどの太さの、薄いグリーンの分子破壊ビームがひらめいた。固体が蒸気となって霧消し、本体から切りはなされた触手が床の上に落ちる。隙間から炎が噴きだし、雷鳴のような爆発音が司令室を震わせた。

「アルマダ作業工だ！」ロワが叫ぶ。

ハッチが開いた。通廊に障害物はない。フェダーが先頭になり、ロワとブラドがあとにつづいた。十分後、三人はグーン・ブロック上部デッキの真下にあるエアロックに到達した。ロワはグラヴォ・パックを作動させようとし、最後の瞬間に手をとめた。

「聞こえましたか？」ようやく記憶媒体をベルトに固定する余裕ができたフェダーがたずねた。

開いたハッチの向こうから、世界の終わりのような轟音が響いてくる。以前も十六本の触手が二十世紀という悲惨な時代の掘削機械のような騒音をたてて資源を採掘していたから、外は騒々しかった。だが、いまはその十倍も騒々しい。ロワはエアロックの床が揺れるのを感じた。

反重力装置を調整し、飛翔する。ロワは視線を巨大ロボットに向けた。ハッチから数メートルのところに停止しているグライダーが最後にようやく見えてきた。空中で振りかえる。念のため、手は武器の銃把《じゅうは》を握っていた。

「撃たないで！」騒音のなかからそんな声が聞こえた。「お願い……」

＊

グライダー内に入ってナオミがハッチを閉めると、騒音がすこしはましになった。ロワはなにもたずねない。ナオミが《サム＝Ⅲ》の持ち場をはなれるには相応の理由があるとわかっているから。最後部のシートからなにかを引っかくような音が聞こえた。見ると、シドリがパッド入りの背もたれの上から興味深そうに有柄眼を伸ばしている。

「どうしてもいっしょにくるというので。アルマダ作業工に捕らえられた仲間のことを心配しているんです」と、ナオミ。

「あの騒音はなんだ？」ロワがたずねた。

「ワルケウンが採鉱ロボットの制御を握ったようです。それに時間がかかったのでしょう。いまは全力で作業を進めています。ここはもう安全ではないと思って、さっさと作業を終えたがっています」静聴をもとめるように片手をあげる。「順番に行きましょう。ワルケウンが採鉱ロボットの司令室からナンド星系内の全グーン・ブロックに出した指示を傍受しました。全機を惑星ナンドに集結させ、《サンバル》を迎え撃とうとしています。連絡したかったのですが、つながりませんでした」

ロワはうなずいた。ナオミには計画を説明していなかったのだ。

「そこで《サンバル》のイチコ・スタンズと話をしました」ナオミが報告をつづける。「彼女はあまり心配していませんでした。グーン・ブロックは星系全体に散らばっているので、攻撃開始まで二、三時間の余裕があるはず。それまでには《サンバル》も態勢をととのえられるだろう、と」髪を手でなでつけ、ちいさく笑みを浮かべる。「そのとき、驚くべきことが起きました。一アルマダ作業工がわたしの視界にあらわれたんです。かなりの大型でした。もしもロボットだと知らなかったら、酔っぱらっていると思ったでしょう。ぐらぐら揺れながら、アルマダ共通語でわけのわからないことをわめいているんです。わたしはそれを牽引フィールドでとらえ、通信を試みました。まともな返事もありましたが、しばらくすると数分間おかしな状態がつづき、またまともになるというくりかえしでした。

結局、それは以前アルマダ作業工の監督をしていたドライドオグだとわかりました。ワルケウンに〝罷免《ひめん》された〟とのこと。どうやらアルマダ工兵はドライドオグを停止させ、じゃまができないようにしたかったようです。でも、停止作業がどこかでうまくいかなかったのでしょう。ドライドオグは罷免された影響で、ポジトロン性のショック症状を起こしたようでした。

つづけます。わたしはその狂ったアルマダ作業工がなにかの役にたつのではないかと考え、あなたたちを探しに出ることにしました。中央シリンダーの近くにいないなら、グーン・ブロックの内部だろうと推測できます。全滅している可能性もありましたが。グーン・ブロックに接近すると、開いているハッチが見えました。それで予想が当たったとわかったんです。だから着地して、出てくるのを待ちました」

「よくやった、ナオミ！」ロワが賞讃する。「《サンバル》との通信はつながっているか？」

「グライダーと《サム＝Ⅲ》の通信装置を連結してあります」

「けっこう。ドライドオグはどこにいる？」

ナオミは肩ごしに背後をおや指でしめした。

「拘束フィールドで固定して、後部に寝かせてあります。ここまで運んでくるのは楽な仕事じゃありませんでしたよ」

＊

フェダーがドライドオグとおさえた声で対話を試み、ロボットの葛藤を解消し、精神を安定させた。ドライドオグはほぼつねに〝理性的な状態〟をたもてるようになった。フェダーはロボットがおちつくまでしばらく休息をとらせた。アルマダ作業工は武器が使える状態ではないが、拘束フィールドを切ってしまうと逃走するおそれがあった。

「ワルケウンは中央拍動インパルスを最大限に遅らせることでドライドオグを停止させようとしたんだ」フェダーが報告する。「ごく一般的な方法だが、それがうまくいかなかったらしい。現在、拍動リズムはつねに変動している。通常値以下になるとドライドオグは正常にもどり、速くなりすぎると異常をきたすわけだ。だが、たぶん調整できると思う」

「あのロボットをまともに調整できると本気で考えてるのかね？」フェダーが作業にもどると、ブラドが不安そうにいった。

「どういうこと？」と、ナオミ。

「ワルケウンがプログラミングしたロボットだぞ。われわれを妨害するかもしれない」

「ワルケウンが停止させようとしたことを忘れてるわ」ナオミが指摘する。

ロワはひそかにほくそ笑みながらそのやりとりを聞いていた。ブラドは有能な技術者だが、理解力はナオミのほうが鋭い。ブロンドの大男のいささか鼻につくうぬぼれ顔をつぶす機会があれば、彼女がそれを見逃すことはなかった。

「だからなんだ？」ブラドがいらだっていいかえす。「あいつがワルケウンを恨んでるなんていいだすつもりじゃないだろうな？」

「いけないかしら、フラッシュ？」ナオミが笑みをふくんで問いかえす。

「なにをばかな。魂のないロボットが、人間のような感情で動くはずがない！」

フェダーは忙しく手を動かしていたが、ふたりの話が聞こえたらしく、「心配しないでもらいたい」と、ドライドオグの内部から目をはなさずにいう。「その魂を発見できたようだ。適切に調整して、これ以上フラッシュが興奮しなくてもすむようにするから」

ブラドはいいかえそうとして、直前でからかわれたことに気づいた。鼻を鳴らし、両足をくじきそうな勢いで立ちあがる。

奇妙な光景だった。なにしろ、ここはグーン・ブロックの上面デッキの上なのだ。背後にはハッチの開いたグライダーがあり、巨大採鉱ロボットの影響で周囲の空気が震えている。シドリは機外に出てこようとしなかった。なかのほうが安全だと思っているようだ。

ロワは煌々《こうこう》と照明された砂漠を見やった。廃棄物の山が連なり、平坦だった砂漠にいくつものクレーターができ、巨大マシンが全力稼働している。

突然、かれは驚いて飛びあがった。中央シリンダーの壁面に次々と、輝く無数の開口部があらわれたのだ。そこからアルマダ作業工があふれでてくる……数十体、数百体、絶え間なく流れでてくるようだ。地表百メートルの高さに密集した隊列を形成していく。その隊列が北に向かって動きだした。

ロワとナオミは仰天した。

「これがどういうことかわかるな？」ロワがうめくようにいう。

「ここはもう終わりにして、採鉱マシンを前進させるつもりです……谷のなかに。ナンディルが抵抗すると予想して……」

「ナンディルではない」ロワがナオミの言葉をさえぎった。《サム＝Ⅲ》はすでに探知されている。「かれらはアルマダ工兵の眼中にないだろう。だが、アルマダ作業工の標的は、われわれだ！」

ロワはグライダーに駆けよった。開いたハッチを通過し、マイクロフォンをつかむ。

「こちら《サム＝Ⅲ》」と、かすれた声で呼びかける。「イチコか？　時間がない。部隊を降下させろ」

＊

そこはワルケウンのグーン・ブロックが降下してきたときかくれたのと同じような、馬蹄形の窪みのなかだった。グライダーは上部構造物がつくる深い影のなかにいる。フェダーは作業中だ。窪みの奥のハッチの前に膝をつき、《サム＝Ⅲ》で解明したコード錠の解除を試みている。

ドライドオグはフェダーの〝治療〟の甲斐《かい》あって、ずっと正常な状態を維持していた。基本プログラミングの一部を麻痺させて、アルマダ工兵ワルケウンに絶対服従するという命令を無効にしたのだ。フェダーは念のため、武器使用回路をショートさせ、明確な命令がないかぎり動きだせないようにした。

「捕虜がどこにいるか知っているな?」ロワがたずねる。かれもまた、ほかの三人と同じく、ヒュプノ学習でアルマダ共通語を習得していた。

「知っています」ドライドオグが甲高い声で答える。

「では、この者を……」と、ナオミを指さし、「……命令がありしだい、捕虜のところまで案内するのだ」

「そうします」と、ドライドオグ。

シドリは前方のシートのひとつに移動していた。アルマダ作業工を信用したわけではないが、もう危険がなくなったことは納得したようだ。ロワは立ちあがった。窪みのはしから明るい砂漠を眺める。アルマダ作業工の隊列は北に移動していた。閃光が見える。一ロボットがまばゆい火球に変じた。

ロワはほっとして、ナオミのほうに向きなおった。

「《サンバル》の部隊が到着した。アルマダ作業工など敵ではないだろう。八名から十名程度を連れて、捕虜を解放するんだ」左手首につけた小型装置のボタンを押す。「合図を忘れるな。ワルケウンを攻撃するのは捕虜の安全が確保されたあとだ」

ナオミがうなずく。そのとき、フェダーが叫んだ。

「開きました！　入れます」

ロワは振り向いた。高さ二メートルの開口部のなかから赤みがかった薄暗い光が射している。かれはシドリを指さし、ナオミにいった。

「面倒を見てやれ」

開口部に向かう。その先には幅ひろい通廊がのびていた。シリンダーの壁にそってつづいているようだ。反対側の壁は滑らかで、ハッチなどはないらしい。ロワはハッチをくぐり、ほかの者たちについてこいと合図した。

＊

空気が震動しつづけている……十六本の触手から伝わってくる、鼓膜を震わせる音ではない。執拗な低周波震動で、それは神経に響き、精神を疲弊させた。

ロワは二、三百メートルおきに物入れに手をのばし、ハトの卵ほどの大きさのカプセル爆弾をとりだして、床と壁のつなぎ目にしかけていった。フェダーとブラドも同じものを持っている。ぜんぶが爆発すれば中央シリンダーの上部四分の一を粉砕するくらいの威力があった。カプセルにはマイクロ核爆弾がしこんであり、ロワが持っている装置で起爆することができる。

周囲の色彩は単調だった。通廊の壁も天井も床もグレイの金属製で、天井には一定間隔でオレンジ色の照明が設置されている……これはロボットだけがこの通廊を使うことをしめしていた。ロボットの視覚は赤外線など、電磁波スペクトルの長波長方向に拡張されている。障害物はなかった。シリンダーはまるで死んでいるかのようだ。ときおり聞こえる轟音だけが、悪魔じみた計画が進行していることを思いださせた。

一キロメートルほど進んだところにドアがあった。通廊の内壁側だ。フェダーがその表面を調べた。

「外側ハッチの施錠があれだけいいかげんだったんですから、これも問題ないでしょう」

その推測は当たっていた。右手でドアの輪郭をなぞり、床から一・二メートルの位置に触れたとき、ドア全体が内側に引っこみ、左右に分かれて開いた。その奥にシャフトがある。深さは底しれないが、上は二、三十メートル先でまばゆい光にあふれた空間になっている。ロワはそこがシリンダーのドームの真下にある、巨大ロボットの司令室だろうと考えた。そのまばゆい光は……ワルケウンの居場所から直接、射しているにちがいない。

シャフトは双方向だった。正面の壁に見える銀色の金属帯がシャフトを左右に分け、一方に上昇、もう一方に下降の反重力フィールドを発生させているようだ。反重力は作動しているが、こういう場合、敵がコントロールできる装置を信頼するのはおろかすぎる。一行はグラヴォ・パックを作動させ、シャフトに入った。強い力で上に引きあげられる。かれらはすぐに四角い開口部を通過し、ひろくてがらんとした、明るい空間に出た。

ロワは周囲を見まわした。だだっぴろいホールが存在する意味がわからない。シャフトを出ると目の前に壁があった。その反対側、二十五メートルほどはなれたところに、左右対称になった登りの斜路が配置されている。

この先が司令室だな、と、ロワは思った。

ブラドとフェダーに合図する。ふたりはホールに進出しようとしたが、一歩も進まないうちに思いがけないことが起きた。斜路のあいだの四メートル×五メートルの壁面が大型スクリーンのように明るくなったのだ。そこにヒューマノイドの頭部が出現。感情の欠如した銀色の顔が、悪夢のように、無表情に三人のテラナーを見つめた。頭頂から片手の幅くらいのところにはアルマダ炎が明るく輝いている。アルマダ工兵の冷酷な声が響いた。

「やっと会えたな！　敵は何者なのか、ずっと疑問だったのだ。ここまできてくれてうれしいぞ。おかげでおまえたちが潰滅するさまを目撃できるというもの。わたしはアルマダ工兵ワルケウンだ。おまえたちの名前はどうでもいい。すぐに存在しなくなるのだから」

＊

「とんでもない」ロワが冷静に答えた。「われわれ、きみを捕らえにきたのだ、ワルケウン。もうおしまいだ。この惑星での蛮行も終わりを告げる。降伏しろ。さもないと、この施設をそっくり吹っ飛ばす」

あざけりの表情が銀色の顔に浮かんだ。

「砂漠の空気に当てられて理性を失ったか、異人よ」アルマダ工兵の口調が侮蔑的になる。「おまえの弱みはわかっている。そちらはたった一隻だ。いまこの瞬間にもわたしのアルマダ牽引機が迫って……」

ロワはその先を聞いていなかった。左手首の小型装置が甲高いさえずり音をたてたのだ。すぐに同じ音がくりかえされる……二度つづけて。

合図だ！

捕虜は解放された！

「どうした、図星をさされてだんまりか？」ワルケウンがあざける。

ロワは二歩後退し、物入れからカプセルをとりだすと、下行きの反重力シャフトにほうりこんだ。しばらくそれが落ちていくのを見つめる。左手には小型のインパルス発生器が握られていた。それを使って起爆の指示が出せる。

「おしゃべりはもういい」ロワはワルケウンに向かって叫んだ。「ここからは本気でやらせてもらう」

インパルスを送信。シャフトからまばゆい光がほとばしり、ホールの床が揺れる。シリンダーの下のほうから大きな爆発音が聞こえた。ロワが動きだす。煌々と照明されたホールをななめに突っ切り、斜路に向かう。

ワルケウンは恐怖に顔をゆがめた。

「なにをしたかわかっているのか、ばか者？　下ではおまえたちが全力をかたむけて保護しようとした者たちが捕虜になっているのだぞ！」

「違うな、アルマダ工兵！」ロワが叫ぶ。「もう解放した」

ふたつめ、三つめと爆弾を起爆する。巨大なシリンダーが震動し、シャフトから青灰色の煙が噴きあがった。ワルケウンが制御できない怒りの表情で叫んだ。

「生意気な！　反抗するのか？　地獄に落ちろ！」

ロワは左の斜路の下に到達していた。フェダーとブラドもすぐあとにつづいている。上方でハッチが開いた。そこからアルマダ作業工の群れがあふれでてくる。ブラスターの発射音が響き、ロワは脇に跳びのいた。横ではブラドがコンビ銃をかまえている。

「撃つな！」ロワが叫んだ。「右の斜路を押さえるんだ！」

角の向こうに集まっているロボットのあいだにカプセル爆弾を投げこみ、まだ空中にあるうちに起爆する。大音響がホールを揺るがした。斜路の上のハッチから閃光がほとばしる。破壊されたアルマダ作業工の破片が壁や天井や床にぶつかり、びしびしと音をたてた。

フェダーとブラドは右の斜路を半分くらいまで登っている。走りながら撃っていて、司令室とのあいだを隔てるハッチは白熱し、溶けはじめていた。ロワは大きくジャンプして仲間のあとを追った。ふたりの姿が蒸気のなかに見えなくなる。そのとき、大きな叫び声が響いた……

青灰色の煙を突っ切り、丸天井のひろい円形の空間のはしに立つ。目のすみに透明な素材でできたドームが見えた。そこは中央シリンダーのてっぺんで、太陽灯に照らされた砂漠のようすもわかる。

壁ぞいには奇妙な装置がならんでいた。中央には馬蹄形のコンソールがある。巨大採鉱ロボットの操縦装置だ。

叫び声をあげたのはフェダーだった。コンソールから十メートルくらいのところに立ち、頭をそらしてドームの頂上を見あげている。コンビ銃の銃口も上を向いていた。グリーンのビームがドーム天井を貫いて夜のなかへと……

だが、標的らしいものはもう見えなかった。シリンダーのドームのすぐ上に巨大な構造物が存在している。太陽灯の光を四角く切りとって、漆黒の物体が浮かんでいるのだ。

一瞬、ロワは混乱し、夢でも見ているのかと思った。黒い四角形の中央に光点が見える。光をはなつ人影が上昇していく。その光景は見たおぼえがあった……ただ、そのときの人影は下降していたが。

「なんてことだ！」フェダーの感情的なつぶやきが聞こえた。「あの悪党は最初から、自分のほうが不利だとわかっていたんだ。それでも余裕があるふりをして、そのあいだにグーン・ブロックを呼びよせたわけか」

ロワはドーム天井にあいた穴に目を向け、ずっとつづいていた震動がなんだったのかを悟った。黒い四角形の中央の光点は消えていた。四角形自体もちいさくなっていく。脈動するエンジン音が中央シリンダー内部の音を圧倒した。

ワルケウンが脱出をはたしたのだ。

ロワは高みを指さした。

「われわれも同じ方法で脱出すればいいだろう」そういって、グラヴォ・パックを作動させる。

三人はいっしょに大きな穴を抜けて上昇した。太陽灯の上に出ると、ロワは周囲を見まわした。砂漠の戦いは終わっていた。そこらじゅうに破壊されたアルマダ作業工の焼け焦《こ》げた残骸が散乱している。東に目を向けると、空が赤くなりはじめていた。惑星ナンドはじまって以来の恐ろしい夜が終わろうとしている。

ロワは武器をしまい、インパルス発生器をとりだした。ボタンを押すと、ロボット採鉱施設内部にしかけた爆弾がすべて爆発した。

6

赤い恒星が天頂に近づいている。砂漠の赤銹色の砂が熱で揺らめいて見えた。アルマダ作業工の残骸二千体、さらには二ダースのカプセル爆弾と《サンバル》の攻撃で完全に破壊されたロボット採鉱施設の大きな破片が地表に散らばっている。

《サンバル》は谷の南側の出口に着陸していた。ナンディルは最近の経験から、巨大な金属体は避けるべき悪魔であると学んでいたので、近づいてこようとしなかった。赤藪谷の民は小屋にもどった。高い木々の民、浅い湖の民、砂漠の洞窟の民は……すでに撤退し、それぞれの居住地に帰っていった。

ワルケウンとグーン・ブロックの小艦隊は跡形もなく消えてしまった。《サンバル》が追跡する間もなく、ハイパー空間に逃走したのだ。《サンバル》への攻撃はなかった。ワルケウンは採鉱ロボットから脱出したあと、緊急離脱レバーを引いたようだった。

捕虜になっていたナンディルは触手十六本のひとつで見つかった。ナオミ・ファースがドライドオグと《サンバル》乗員の協力で解放に成功したのだ。彼女の報告で、きわめて複雑な触手の構造が判明した。それはいわば動く化学工場で、ロボット化された分析および精錬設備を持ち、吸いこんだ土砂から有用な物質を最後の一グラムまでとりだす能力を有していた。捕虜になっていた者はほとんどが赤藪谷の民で、わずかな例外は本来の居住地にもどらず、そのまま赤藪谷で暮らすことになった。自然は間違った進化を……この場合は個体数のすくないナンディルの近親交配を……防ぐため、どんなにとてつもない機会でも利用することがあらためてしめされたかたちだ。

報告を《バジス》に送って、《サンバル》は帰還することになった。楽観主義がいきすぎないよう、ロワ・ダントンは任務の達成を〝データは確保。ただしデータの価値は未確認〟と報告した。

捕虜が解放されたあと、ドライドオグはみずから動作を停止した。ロボットの魂についてブラド・〝フラッシュ〟・ゴードンはからかうようなことをいったが、ワルケウンのロボット現場監督はここ十時間の騒動のなかで、ポジトロン心理学的な苦悩をかかえていたようだった。

ナンディルのなかでただ一体、巨大採鉱ロボットにも金属体にも、異質なものや理解できないものにも臆することがなかったのは、鉱石探索者のシドリだ。かれは最後まで友のテラナーたちといっしょだった。

「シドリ」ロワが声をかけた。「お別れだ。運がよければ、二度と会うことはないだろう。きみにとっては苛酷な運命だったが、事態は好転した。今後この世界の住民は妨害されることなく、ふつうに生きていけるだろう」

ナンディルに贈り物をしていこうと思ったこともあった。なにか役にたつものを。たとえば原始的な精錬作業をかんたんにする溶融炉とか、山の内部の鉱脈に早く到達するための坑道掘削用ロボットとか。だが、最終的にロワはこの考えを放棄した。その種の贈り物は、かれがなんとしても避けたいと思っている事態を引き起こすから。ナンディル文明の自主的な発展を阻害してしまうのだ。

「わたしはもう今までのように生きてはいけない」シドリは上肢の一本で砂漠をしめした。「わたしは鉱石探索者のシドリだ。だが、なにを調査する必要がある？　すべてそこに転がっていて、ただひろってくればいいだけだ」

かれがしめしているのはロボット採鉱施設とアルマダ作業工の残骸だった。爆破された中央シリンダーの基部には触手が吸いこんだ土砂から精製された有用資源が、キューブ状にかためられてのこっている。

「それで不安なのか？」と、ロワ。「仕事がなくなってしまったから？」

「仕事はなくなった。だが、不安ではない。新しい仕事を身につければいいだけだ。星読みの助手でもいい。あなたたちから星々の話を聞いて、ヴリッシは根底から考えをあらためなくてはならないだろう。偉大なる宇宙の母が啓示のために星々を操作しているという考えを！」

＊

ワルケウンは筏乗りに連絡し、惑星ナンドは……いま現在も、将来においても……まったく無価値だと報告した。のこる任務はひとつだけだ。担当部局の上官に、部下として失敗を報告しなくてはならない。

どんな言葉を選べばいいか考えあぐねる。かくし扉の奥の破壊されたアルマダ作業工はすでに発見していた。異人がかれのグーン・ブロックに侵入したということ。だが、どんな被害が生じたのか？　アルマダ工兵の計画を知られてしまうような情報が、異人の手にわたったのだろうか？　ワルケウンは保身のため、もっとも害のない説明を考えだした。異人は侵入したものの、緊急作動したアルマダ作業工に追いはらわれ、アルマダ工兵の意図を……それがなんであるにせよ……察知するにはいたらなかった、と。

通信装置のスイッチを入れ、重々しい声で切りだす。

「こちらワルケウン。悪い報告があります」

十秒後、応答があった。

「報告しろ、ワルケウン。なにがあった？」

画面は暗いままだ。声には個性が感じられず、機械音声のようにさえ聞こえる。相手が生命体なのか、それともマシンなのか、判定するのは困難だった。外的条件などに責任を転嫁《てんか》することもしない。ワルケウンはナンドの状況を報告した。言い訳はせず、
ワルケウンはナンドの状況を報告した。言い訳はせず、

「あらたな原材料の確保には失敗したわけだな。残念だが、きみのプロジェクト以外はうまく進んでいるので、心配する必要はないだろう。
ただ、ロボット採鉱施設を失ったのは痛い。あれは高価で、建造にも手間がかかるから。きみがこの損失をどうとりもどすか、注視する必要がある。
最悪なのは、きみが敗北したという事実だ。相手は銀河系船団の者たちといったな？ きみはかれらに、アルマダ工兵も敗北するという印象をあたえてしまった。異人はこれまで以上に活動を活発化させるだろう。とりわけ、報告にあった異人の球型艦が、われわれが探しつづけている《バジス》という大型宇宙船の所属だとすると問題だ」

「それはないと思います」ワルケウンは急いでそう答えた。「あの宇宙船が《バジス》と関係があるという証拠はありません。私見ですが、ばらばらに分散した銀河系船団の一隻が、たまたま星系に迷いこんだものでしょう」

「そうだといいのだが。さもないと、きみの失敗はカタストロフィにつながりかねない」

この記憶にのこる話し合いから数時間後、ワルケウンはまだ作業デスクの前にすわっ

たまま、自分の将来はどうなるのかと苦悩しつづけていた。

＊

《バジス》船内の雰囲気に変化はなかった。みな、アルマダ工兵ヴァークツォンがつくりだしたシンクロニトが働きはじめる兆候を待ちつづけている。ペリー・ローダンがもっとも親しい友たちから向けられるのは、疑念、不安、ときとして猜疑《さいぎ》の視線だった。ローダンはそれを無視しようとし、ある程度うまくいっていた……外見的には。二名のテレパスに対しては心を閉ざし、絶望に押しつぶされそうになっているのを見抜かれないようにした。

《サンバル》が帰還するとの報告はかれを安堵させた。ナンドでの任務がどの程度困難だったのかは漠然としかわかっていなかったが、ロワと乗員たちがぶじに難局を切り抜けたと知ってうれしかった。かれらが持ち帰ったデータのおかげで、アルマダ工兵のシュプールも判明するはず……ローダンはそう期待した。

バジス＝1での作業は常態に復していた。恒星ハンマーによる攻撃の後始末も順調に進んでいる。二、三週間もすれば、宇宙ハンザはM‐82銀河で最初の拠点を手に入れるだろう。超越知性体セト＝アポフィスの領域で。

セト＝アポフィス！　あの存在はどうしているのか？　《バジス》がフロストルービ

ンを通過して、爆発する銀河のまんなかに実体化して以来、なんの動きも見せていない。《バジス》に対する敵対行動は、すべて無限アルマダによる……とりわけ、ローダンを真の敵だと信じているらしいアルマダ工兵によるものだった。

セト＝アポフィスは力をとりもどしたのだろうか？　決定的な攻撃をくわだてているのか？　考えただけで背筋に震えがはしった。《バジス》はアルマダ工兵の相手をするので精いっぱいだ。セト＝アポフィスが敵としてあらわれたら……まして、アルマダ工兵と同盟を結んだりしたら……状況は絶望的になる。銀河系船団のシュプールはまだ発見できていない。広大な異銀河でばらばらになったままだ。《バジス》は孤立無援だった。

正午過ぎに《サンバル》からふたたび連絡があった。バジス＝1から十二光年のポジションで再物質化し、惑星周辺に敵対勢力がいないことを確認したのだ。こんどはロワもためらいなく映像通信で顔を見せた。

「まだ五体満足らしいな」ロワの顔が画面にうつると、ローダンは冗談めかしてそういった。

「そのとおりです。全員ぶじですよ。そっちはどうです？　なにかニュースは？」

「到着したらすぐに話してやろう」恒星ハンマーとの戦いをここで詳述しても意味はない。「確保したデータはどうだった？　もう分析をはじめているのか？」

ロワは首を横に振った。

「まだです。この艦には専門家がいませんし、適切な機器もありませんから。そちらの専門家にまかせますよ」

「わかった。ところで、もしもきみが……」

ロワは片手をあげた。

「重要な問題でないなら、あとにしてもらえませんか？」

ローダンは驚いて息子の顔を見つめた。

「それはいいが、なにか急ぎの用があるのか？」

「ええ、まあ」ロワは赤くなった。

《サンバル》の自動走査機がなにかに気づき、急いでハイパー空間に潜入する必要があると判断したのかもしれない。だが、ロワの顔に浮かんだ困ったような、いたずらっぽいような表情を見ると、ほんとうに問題が起きたとは思えなかった。

「どうした？　なにがあった？」ローダンがたずねる。

ロワは耳のあたりを掻いた。

「あまりいいたくないんですが」と、小声で答える。「噂によると、ナオミ・ファースが食堂でカンカンを踊ると宣言したそうなんです。十三時から。わかりますか？　あと二分しか……」

あとがきにかえて

嶋田洋一

十月に秋田県由利本荘市のＨｏｎｇＣｏｎｇ15に参加したあと、十一月になると毎年恒例、このところずっと湯河原開催が続いているＧＡＴＡＣＯＮの季節だ。

昨年のガタコン40周年に続き、今年は第一回から毎回のように参加してくれている、作家の夢枕獏さんのデビュー40周年に当たる。去年がガタコンの、今年が獏さん（と呼ばせていただきます）の40周年ということは、つまり獏さん、実にデビュー前からガタコンに来ていたのだ。

さらにおめでたいことに、獏さんが今年の菊池寛賞と日本ミステリー文学大賞を受賞したとの知らせが。どちらも特定の作品に対する授賞ではなく、これまでの作家活動そのものを顕彰するという趣旨だそうだ。

実際、長篇小説『沙門空海唐の国にて鬼と宴す』を原作とする歌舞伎狂言『楊貴妃』

が今現在（十二月）歌舞伎座でかかっているし、二月になればチェン・カイコー（陳凱歌）監督、染谷将太主演の映画『空海―KU-KAI―』もロードショー公開される。執筆意欲も衰えるどころか旺盛そのもののようで、ガタコンでも「書きたいものが多すぎて、死ぬまで書いても書ききれない」と語っていた。これからもすばらしい作品を世に送り出してくれることだろう。

そんなおめでたいムードの中、秋田から帰ってすぐにぎっくり腰をやってしまったわたしは、まだ痛む腰をかばいながらの参加となった。ずっと出場していた「温泉卓球大会」にも不参加、ビブリオバトルではステージに腰かけて前かがみになっていたら、「気分が悪いの？」と心配される始末。まわりの方々にもご迷惑をおかけしてしまった。それでもSF書道大会（獏さんが出すお題をもとに、筆で自由に書いたものが審査される）には出品し、電子書籍をテーマとしたインタヴュー企画とビブリオバトルにも登壇した。

書道大会のお題は〝花〟と、もう一つは〝宇宙船〟だったかな？　わたしは〝花〟を選んで、「草」の字が煙とともに「どろん」と化けている様子を書いた（描いた？）もののの、残念ながら（当然？）選外だった。

インタヴューのほうは、お相手が早川書房の方だったので、本来のテーマである電子書籍の話もそこそこに、ノーベル賞に絡む大騒ぎの様子をお聞きした。何しろ今年の早川書房はノーベル文学賞のカズオ・イシグロ作品だけでなく、経済学賞のリチャード・セイラー著『行動経済学の逆襲』に、物理学賞の三人、ライナー・ワイス、キップ・ソーン、バリー・バリッシュに取材したノンフィクション『重力波は歌う』まで刊行しているのだ。「早川書房が〝ノーベル出版社賞〟でも取ったよう」という声もあったくらいで、とくに文学賞発表当日の夜は大変なことになっていたらしい。なかなか貴重なお話を伺うことができた。

　ビブリオバトルではガタコン直前にどっぷり耽溺してしまったマンガ『高機動無職ニーテンベルグ』（青木ハヤト著、角川コミックス・エース）を紹介した。労働暦一〇八年、全人類を社畜化しようとする強制就職軍《デスマーチ》が採用する人型兵器《ワークマン》〝ガテン〟に対抗するため、無職同盟《リガ・ジョブレス》が開発した〝バックレンベルグ〟と、その進化形である〝ニーテンベルグ〟。行きがかりから新型機に乗り込むことになった少年、不働遊は、N.E.E.T.(Next Evolution Exceed Type) と呼ばれる新人類だった……という『機動戦士ガンダム』のパロディというかオマージュというか本歌取りというか、とにかくそういう作品なのだが、敵の合言葉「お仕事楽しいです！」が妙にツボにはまり、全五巻を一気読みしてしまった。初代ガンダムを下敷きにしつつ、自由な発想でストーリーを展開させ、最後にはきれいに収めてみせる手際はなかなか見事。「戦うさ！　働くくらいなら！」「働かずに食えるメシはうまいかっ、N.E.E.T.」「美味しいですよ！」など名台詞（？）の数々もあり、お薦めです。

蛇足ながら、機種名になっている〝バックレ〟とはアルバイトなどにある日いきなり行かなくなること。N．E．E．T．は言うまでもなく、本来はNot in Education, Employment or Training の略語となっている。

追加。長らく《宇宙英雄ローダン》シリーズの翻訳に携わってこられた松谷健二先生の息子さんがSF作家としてデビューしていると、編集部から教えてもらった。ペンネームを七佳弁京といい、河出書房新社から出ている『NOVA6』に短篇が収録されているほか、楽天koboで電子書籍が数篇刊行されている。わたしはどれも未読なので作品の評価はできないが、興味のある方はぜひ。

デューン 砂の惑星〔新訳版〕（上・中・下）

Dune

フランク・ハーバート
酒井昭伸訳

〔ヒューゴー賞／ネビュラ賞受賞〕 アトレイデス公爵が惑星アラキスで仇敵の手にかかったとき、公爵の息子ポールとその母ジェシカは砂漠の民フレメンに助けを求める。砂漠の過酷な環境と香料メランジの摂取が、ポールに超常能力をもたらし、救世主の道を歩ませることに。壮大な未来叙事詩の傑作！　解説／水鏡子

ハヤカワ文庫

世界の誕生日

The Birthday of the World and Other Stories

アーシュラ・K・ル・グィン

小尾芙佐訳

〈ネビュラ賞／ローカス賞受賞〉傑作『闇の左手』と同じ惑星ゲセンの若者の成長を描く「愛がケメルを迎えしとき」をふくむ〈ハイニッシュ〉ものの六篇をはじめ、毎年の神の踊りが太陽の運行を左右する世界の王女を描く表題作と、世代宇宙船ＳＦの「失われた楽園」、全八篇を収録する傑作短篇集。解説／高橋良平

ハヤカワ文庫

中継ステーション〔新訳版〕

Way Station

クリフォード・D・シマック

山田順子訳

〔ヒューゴー賞受賞〕アメリカ中西部のごくふつうの農家にしか見えない一軒家は、じつは銀河の星々を結ぶ中継ステーションだった。その農家で孤独に暮らす元北軍兵士イーノック・ウォレスは、百年のあいだステーションの管理人をつとめてきたが、その存在を怪しむCIAが調査を開始していた⁉ 解説／森下一仁

ハヤカワ文庫

ゼンデギ

Zendegi

グレッグ・イーガン

山岸 真訳

脳マッピング研究を応用したヴァーチャルリアリティ・システム〈ゼンデギ〉。だが、そのシステム内エキストラたちは、あまりにも人間らしかった。余命を宣告されたマーティンは、幼い息子の成長を見守るため〈ゼンデギ〉内に〈ヴァーチャル・マーティン〉を作りあげるが……。現代SF界を代表する作家の意欲作

ハヤカワ文庫

ブラックアウト（上・下）

Blackout

コニー・ウィリス
大森　望訳

〔ヒューゴー賞／ネビュラ賞／ローカス賞受賞〕二〇六〇年、オックスフォード大学の史学生三人は、第二次大戦の大空襲で灯火管制（ブラックアウト）下にあるロンドンの現地調査に送りだされた。ところが、現地に到着した三人はそれぞれ思いもよらぬ事態にまきこまれてしまう……。主要ＳＦ賞を総なめにした大作

ハヤカワ文庫

訳者略歴　1956年生，1979年静岡大学人文学部卒，英米文学翻訳家　訳書『真紅の戦場』アラン，『思考プラズマ』エーヴェルス＆シェール，『無限アルマダ』シェール＆ダールトン（以上早川書房刊）他多数

HM=Hayakawa Mystery
SF=Science Fiction
JA=Japanese Author
NV=Novel
NF=Nonfiction
FT=Fantasy

宇宙英雄ローダン・シリーズ〈561〉

恒星《こうせい》ハンマー

〈SF2162〉

二〇一八年一月二十日　印刷
二〇一八年一月二十五日　発行
（定価はカバーに表示してあります）

著　者　クルト・マール
訳　者　嶋《しま》田《だ》洋《よう》一《いち》
発行者　早川　浩
発行所　株式会社　早川書房
郵便番号　一〇一 - 〇〇四六
東京都千代田区神田多町二ノ二
電話　〇三 - 三二五二 - 三一一一（大代表）
振替　〇〇一六〇 - 三 - 四七七九九
http://www.hayakawa-online.co.jp

乱丁・落丁本は小社制作部宛お送り下さい。
送料小社負担にてお取りかえいたします。

印刷・信毎書籍印刷株式会社　製本・株式会社川島製本所
Printed and bound in Japan
ISBN978-4-15-012162-4 C0197